MAISON

DE BULLY

IMPRIMERIE J. CLAYE
RUE SAINT BENOIT 7
LABOR
PARIS

MAISON

DE BULLY

NOTICE HISTORIQUE ET GÉNÉALOGIQUE

PAR

J. NOULENS

PARIS
IMPRIMERIE DE J. CLAYE
RUE SAINT-BENOIT

1874

DE BULLY.

BARONS ET SEIGNEURS DE BULLY, TIKHILL, BLYTH,
SANDFORT, WAPENTAC, THELON, KADEFORT, FRODESTON, CLETONE, BARNEBEY, WATELEY,
APPELBEY, LACTONE, CLIFFORT, SALTEBEY, GARTHORP, BERCHASSEBEY,
BUGGEFORD, CLIPPESTON, CROKESTON, KYMBERWORTH, ETC. (EN ANGLETERRE),
DU HAMEL, DE DUESTRAMÉ, DE GUÉRAMÉ, DE FOUGERAY,
DU MESNY, DE CONJUGIVILLE.

ANGLETERRE, NORMANDIE, PICARDIE.

ARMES : D'azur, à deux bars ou barbeaux adossés d'argent, surmontés d'une fleur de lis d'or.

La race des Bully [1] est l'une des aînées de Normandie. Elle sort pour ainsi dire armée et titrée des entrailles de la féodalité naissante. Dès 1056, ses pre-

1. « Une marque infaillible de noblesse, dit le président de Brosses, est « d'avoir pour nom de famille celui de la terre qu'on possède, pourvu qu'on

miers sujets apparaissent parmi les plus puissants barons d'Angleterre. A cette époque, le rang de baron était assorti de droits régaliens. Ceux qui le possédaient avaient le privilége de dresser des fourches patibulaires, d'accorder gage de bataille, d'être les pairs des ducs, princes, et même des souverains étrangers qui avaient des terres en France, enfin de les juger et d'être jugés par eux. Ils étaient libres encore de tenir des cours ordinaires et plénières, des officiers domestiques, des échansons, des panetiers, des écuyers tranchants, des filles d'honneur, en un mot, tout un personnel de-roi. Plusieurs battaient monnaie et participaient à la législation et aux grandes affaires de l'État. « Le bers (baron) a toute justice en sa terre, et le roi « ne peut mettre ban en la terre au baron sans son « assentement. » Ces grands vassaux ont été regardés avec raison comme bien au-dessus de tous les ducs, marquis et comtes de création monarchique, posté-

« ait, de tout temps connu, porté le nom et possédé la terre, ou du moins qu'on « soit évidemment connu pour descendant de ceux qui réunissaient les deux « circonstances. » (*Mécanisme du langage,* tome II, pages 281-282.) La famille dont nous allons redresser le passé se trouve dans cette dernière condition. Après avoir tenu pendant plusieurs siècles le fief dont la dénomination était devenue son appellatif patronymique, elle le perdit en grande partie par suite de la confiscation du duché de Normandie par Philippe-Auguste sur Jean sans Terre ou de l'implantation de quelques-uns de ses membres dans le centre de la France. Les documents et les traditions locales, toutefois, éclairent en suffisance son point de départ et sa marche à travers les temps pour les rendre irrécusables.

rieure au XVIe siècle. C'est à cette hauteur sociale que les de Bully se montrent dans le *Domesday-Book*, le *The baronage of England* by William Dugdale, les *Angligenæ ecclesiasticæ* d'Orderic Vital, le *Monasticon anglicanum*, etc.

ROGER DE BULLY, vers 1056, aliéna au profit de l'abbé de la Sainte-Trinité-du-Mont de Rouen la dîme de la ville de Bully, ainsi que tous ses droits héréditaires, moyennant la somme de soixante livres douze deniers et un cheval [1]. Pour rendre cette rente à jamais irrévocable et incontestée, Guillaume, comte de Normandie, Robert, comte d'Eu [2], Roger de Bully et plusieurs autres grands seigneurs scellèrent le contrat de leur sceau [3].

1. L'abbé Decorde, dans son *Essai historique et archéologique sur le canton de Neufchâtel-en-Bray*, p. 87, a également enregistré cette vente.

2. Robert, comte d'Auge (*de Auco*) et comte d'Eu, que l'abbé Decorde, en son *Essai historique sur le canton de Neufchâtel-en-Bray*, p. 87, a, par suite d'une traduction trop libre, converti en comte d'Aulage, était fils de Guillaume, comte d'Eu, issu lui-même d'une conjonction illégitime de Richard Ier, duc de Normandie. Robert, qui avait épousé Lanceline, fille de Turchetil, fonda plusieurs abbayes, notamment celles de Saint-Michel du Tréport (1059), de Saint-Pierre-sur-Dive, de Notre-Dame de Lisieux. Il dota le premier de ces monastères de plusieurs domaines qu'il possédait en Angleterre en l'année susdite, et par conséquent avant la conquête de la Grande-Bretagne par Guillaume, chose qui mérite d'être remarquée. Robert, comte d'Auge et d'Eu, eut, entre autres frères, Guillaume, comte de Soissons, et Hugues, évêque de Lisieux. (*Collection de Camps*, vol. 105, fol. 304; Bibl. de Richelieu, Cabinet des titres.)

3. *Cartulaire de l'abbaye de la Sainte-Trinité-du-Mont de Rouen*, publié par A. Deville dans les Documents inédits de l'Histoire de France, p. 444. (*Pièces justificatives*, DOCUMENT I.)

« Raoul de Conteville (dit M. Dieudonné Dergny) « fut, avec Raoul de Mortemer, Raoul de Saint-Samson, « Henri de Ferrières, Bernard de Neufmarché, Roger « de Bulli, Roger de Sommeri, etc., un de ceux qui « accompagnèrent, en 1066, Guillaume le Conquérant « à la conquête d'Angleterre [1]. »

Henri, roi d'Angleterre, duc de Normandie et d'Aquitaine, comte d'Anjou, mande, en 1088, à tous les grands justiciers et barons du Nottinghamshire, de maintenir le monastère de Blyth dans le libre exercice des foires et des marchés dudit lieu et de Thelon, dans le droit de passage entre Thornwalh et Kadeford, enfin dans tous les autres priviléges qui leur avaient été autrefois accordés par Roger de Bully et confirmés par Henri, son aïeul. Le souverain entend que la même abbaye soit sauvegardée et raffermie dans la possession de ses coutumes, de ses forêts, de ses territoires et de ses cours d'eau, conformément à la volonté de son grand-père et de Roger de Bully. Il est en outre prescrit aux vicomtes et aux officiers royaux d'infliger des amendes à tous ceux qui accapareraient les revenus des religieux ou qui commettraient à leur égard des outrages ou des violences [2].

1. *Les Cloches du pays de Bray*, par M. Dieudonné Dergny, t. II, page 61.

2. *Monasticon anglicanum*, per Dodsworth et Dugdale, in-fol., page 554. (Voir aux *Pièces justificatives*, DOCUMENT II.)

Roger de Bully, baron de Tikhill, et sa femme appelée MURIEL avaient en effet concédé à Sainte-Marie de Blyth la ville de ce nom et son église avec leurs dépendances, et le droit de labourer, de moissonner, de faucher, de faire la pêche et la mouture. Ils transportèrent de plus au même moustier le passage de Kadefort jusqu'à Thornwalh, et de Frodeston jusqu'à Hiddldill, enfin les prééminences diverses et le droit de fourches patibulaires qu'ils tenaient de la munificence royale. Roger de Bully ajouta aux précédentes donations celle des fiefs sis à Eletone et à Barnebey, les dîmes de Wateley, d'Appelbey, de Lactone, de Cliffor, de Saltebey, de Garthorp, de Berchassebey, de Buggeford, de Clippeston, de Crokeston. Ces immenses revenus étaient destinés à la construction du prieuré de Blyth et à l'entretien de son personnel claustral. Cette œuvre pie, confirmée, on l'a vu, par le roi Henri, fut inspirée au sire de Bully et à sa noble dame par le désir d'obtenir de Dieu la consolidation de la dynastie normande en Angleterre, ainsi que de contribuer au salut de Mathilde [1], leur souveraine, et au leur [2].

Le nom de Roger de Bully est en outre mentionné

1. Mathilde ou Mahaud, femme de Guillaume le Bâtard, roi d'Angleterre, était fille de Baudoïn, comte de Flandres, et d'Alix de France, fille du roi Robert. (*Coll. de Camps, vol. 106. Nobiliaire historique, sans pagination.*)

2. *Monasticon anglicanum,* page 553 (Voir aux *Pièces justificatives,* DOCUMENT III.)

par Orderic Vital dans ses *Angligenæ ecclesiasticæ historiæ,* tome IV, p. 32-33; voici à quel sujet. Les frères de Bellême et Roger de Bully, liés par le sang, ayant vaillamment concouru à la conquête de la Grande-Bretagne, avaient été richement apanagés par la reconnaissance de Guillaume. Robert de Bellême, par la mort de Hugues, son aîné, s'était trouvé investi de sa succession, qui comprenait une partie du comté de Chester, dans le pays de Galles. Après avoir transporté sa résidence dans la forteresse de Quatford et construit le formidable château de Bruge sur la Sabrine, Robert de Bellême revendiqua toutes les terres naguère possédées par son cousin Roger de Bully [1].

Les annotateurs de l'ouvrage sus-indiqué nous fournissent quelques détails intéressants sur Roger de Bully, que nous croyons convenable de citer.

« Blyth, dans le Nottinghamshire. Roger de Bulli y « avait fondé un prieuré, relevant de la Trinité-du-« Mont-Sainte-Catherine. La parenté de ce seigneur « avec Roger de Bellême pourrait faire supposer qu'il « fallût le placer à Bulli [2] (Calvados). Mais nous devons

1. ORDERICI VITALIS, *Angligenæ ecclesiasticæ historiæ,* t. IV, p. 32-33. Éd. annotée par Auguste Le Prévost. (*Appendice,* DOCUMENT IV.) — Robert, comte de Bellême, était fils de Roger et de la comtesse Mathilde; il confirma, en 1092, la donation qu'il avait faite de l'église canoniale de Bellême à l'abbaye de Noirmoutiers.

2. Bully (Calvados) fut certainement un fief qui reçut son nom d'une

« au contraire le revendiquer, pour Bulli, près Neuf-« châtel. Dans la jeunesse de Guillaume le Conquérant, « ROGER DE BUSLLI vendit à l'abbé de la Trinité-du-« Mont la dîme de Bully pour le prix de soixante « livres douze deniers et un cheval. Ce seigneur « avait pour principale résidence, après la conquête, « le château de Tikhill, dans l'Yorkshire. Sa femme « s'appelait Muriel. Leur postérité mâle s'éteignit « en 1213, et leurs biens passèrent dans les mains de la « famille de Vipount (Vieuxpont) par le mariage d'IDO-« NEA, leur arrière-petite-fille, avec ROBERT DE VIPOUNT.

« Roger de Busli figure dans le *Domesday-Book* pour « un grand nombre de domaines, soit comme under-« tenant, soit plus souvent comme tenant *in capite*. L'un « de ses manoirs, Sandford, dans le Devonshire, lui « avait été donné par la reine Mathilde, *cum uxore sua;* « ce qui prouve que son mariage n'avait eu lieu « qu'après la conquête [1]. »

Guillaume le Conquérant, vingt ans après l'invasion de l'Angleterre, fit dresser un état de la propriété foncière en ce pays. Les Saxons spoliés l'appelèrent le *Domesday-Book* ou *le Jugement dernier des vieux possesseurs du sol.* Cet inventaire terrien fut accompli dans une

branche de la famille de Bully près Neufchâtel, transplantée en basse Normandie. Notre pensée sera mieux expliquée plus loin.

1. ORDERICI VITALIS, *Angligenæ ecclesiasticæ historiæ*, t. IV, p. 32-33. Éd. annotée par Auguste Le Prévost.

période de six années, entre 1080 et 1086. On y parvint au moyen d'enquêtes, opérées par les commissaires royaux, et de déclarations faites par les barons, les curés de paroisse, les chefs de village. Les mandataires du souverain inscrivirent sur ce grand rôle le nom des terres et de ceux qui les tenaient, les droits et les devoirs féodaux ou autres inhérents à chaque domaine, et déterminèrent enfin le chiffre approximatif du revenu annuel. Ce livre d'or territorial était destiné à aplanir les difficultés qui pouvaient naître des compétitions de voisinage, de l'indivision de terres ainsi que de l'interprétation erronée des coutumes. C'est dans ce document primitif, conservé à l'abbaye de Westminster, d'après certains écrivains, et de Weschinster d'après d'autres, que l'on trouve le détail des immenses terres que Roger de Bully reçut de la libéralité de Guillaume en récompense de sa vaillante coopération à la conquête de la Grande-Bretagne. Elles étaient réparties dans diverses régions; on trouvera leur nomenclature dans le *Domesday-Book*[1].

Les fiefs de Roger de Bully avaient donc une étendue considérable. Ils sont classés dans le *Domesday-Book* parmi les vingt apanages les plus importants de l'Angleterre au XIe siècle, comme on peut le voir dans

1. *Domesday-Book*, Londini, 1783, in-fol., pages 113 (1re col.), 278, 284, 319, 337, 353 et suivantes.

la nomenclature ci-après, où les terres de Roger de Bully tiennent le dix-septième rang.

I. Terra regis.
II. Archiepiscopi Eboracensis.
III. Episcopi Dunelmensis.
IIII. Episcopi Baiocensis.
V. Episcopi Osmundi Sarisberiensis.
VI. Episcopi Constantiensis.
VII. Episcopi Lincoliensis.
VIII. Abbatis de Burg.
IX. Abbatis de Westmonasterii.
X. Abbatis de Ramesyge.
XI. Abbatis de Croilande.
XII. Alani Comitis.
XIII. Hugonis Comitis.
XIIII. Ivonis Tailleboscc.
XV. Villelmi de Warenna.
XVI. Rogerii Pictaventis.
XVII. ROGERII DE BUSLI, etc. [1].

1. *Domesday-Book*, t. Ier, p. 337. Voir aux pages indiquées dans la note précédente le détail et la consistance de toutes les possessions de Roger de Bully, avec désignation du nombre des charrues et de la qualité du sol qui devait ou non le service militaire.

En 1849 fut ouvert un concours de poésie à l'occasion de l'inauguration de la statue de Guillaume le Conquérant à Falaise, son berceau. J'avais alors vingt ans; heureux et naïf, je faisais mon entrée dans la vie une lyre à la main. Trouvant une occasion de l'accorder et de m'en servir, dans cet

William Dugdale, dans le *The baronage of England*, tome Ier, page 388, énumère aussi, mais sommairement, les deux baronnies et les cent quarante-quatre seigneuries de Roger de Bully. La descendance de ce dernier est en outre relevée par Dudgale de la manière suivante : Roger de Bully eut pour fils Richard, qui épousa Emma. De cette alliance vint Jean, marié à l'un des héritiers de Roésia, fille de Ralph Fitz-Gilbert. Jean de Bully fut père d'Idonie ou d'Idoine de Bully, femme du haut baron Robert de Vieuxpont. En elle s'éteignit la branche anglaise ou aînée des Bully. On trouvera dans l'*Appendice* (document VI) le texte anglais de l'extrait du *The baronage* que nous traduisons ici :

« Roger de Buisli possédait plusieurs seigneuries à « l'époque du Conquérant, savoir : une en Devonshire, « huit en Derbyshire, cinq en Leicestershire, quarante-« neuf en Porkshire, et quatre-vingt-six en Nottingham-« shire; il eut pour résidences principales le château « de Tikhill en Porkshire, et celui de Blyth près de « Tikhill, [1] sur les frontières de Notinghamshire, où il

assaut de rimeurs, je composai, conformément au programme, un *Chant des Normands au* XIe *siècle*. Mes alexandrins, alourdis par les évocations historiques, n'arrivèrent pas des premiers. J'aurais dû les laisser dans l'oubli, mais un hémistiche étant consacré à la mémoire de Roger de Bully, dont le grand rôle même à cette époque m'avait frappé, je vais leur faire l'honneur immérité de l'impression. (Voir à l'*Appendice*, DOCUMENT V.)

1. Tikhill était une baronnie comme Blyth.

« avait un autre château du temps de Guillaume le « Roux. Il créa un prieuré bénédictin qu'il mit sous « le patronage de l'abbaye de Sainte-Catherine-la- « Montagné, près de Rouen en Normandie, et se dé- « pouilla, en faveur du monastère de Saint-Pierre de « Glocester, de sa seigneurie de Clisford. Ayant sur- « vécu au roi Henri Ier, il embrassa le parti de sa fille « Maud, l'impératrice. C'est pour ce motif que le roi « Étienne lui confisca son château de Tickhill et la « baronnie de Blyth, qu'il donna à Ranulfe, comte de « Glocester.

« Roger de Bully eut pour successeur RICHARD, qui, « le 12 septembre 1147, fonda l'abbaye de la Roche en « Porkshire. De concert avec sa femme Emma, il trans- « porta aux moines de Kyrkestède, en Lincolnshire, un « terroir confinant au Kymberwoth, sur lequel furent « construits deux hauts-fourneaux, pour fondre du fer, « et deux fabriques pour le convertir en barre. Il leur « abandonna en même temps les forêts de Kymberworth « destinées au chauffage de ces forges. Richard de Bully, « au temps d'Henri II, s'engagea à fournir six cheva- « liers pour le ban, après recouvrance de Tickhill. JEAN, « son fils, épousa une des deux filles et héritières de « Roésia, fille de Ralph Fitz-Gilbert, veuve de Guil- « laume de Bussei. Il confirma aux moines de l'abbaye « de la Roche toutes les donations dont ils avaient été « autrefois favorisés par son père. Privé de postérité

« masculine, il laissa la totalité de ses domaines à sa « fille Idonie, qui devint femme de Robert de Vieux- « pont, grand baron du Nord. Idonie obtint de la cou- « ronne l'investiture de tous ses biens le 15 juin. »

On ignore la date exacte de la mort de Roger de Bully, mais il est inscrit dans le nécrologe de l'abbaye de Sainte-Catherine (de Rouen), comme bienfaiteur de ce monastère et comme honoré d'un anniversaire le onzième jour de janvier.

BERNARD DE BULLY et Gilbert, son homme feudataire, concédèrent les dîmes de leurs fiefs à Saint-Michel du Tréport à l'époque de sa fondation en 1059 [1].

GUARIN DE BULLY (de Bulliaco), présumé cousin de Roger de Bully, concourut en 1096 à l'octroi d'un privilége consenti par la vicomtesse Esmangarde, qui accorda aux moines de Saint-Nicolas d'Angers la faculté de chasser toutes les bêtes fauves dans la forêt de Caffia [2].

RICHARD DE BULLY et Richard, fils de Turgis, furent tous deux fondateurs de l'abbaye de la Roche, qu'ils dotèrent, en 1147, du territoire montagneux qui s'étend du ruisseau qui court vers Fogsvelle jusqu'à Wlvepit, du droit de vaine pâture et de cinquante chars de foin par année [3].

1. *Les Cloches du pays de Bray*, par M. Dergny, 2e partie, p. 298.

2. D. VILLEVIEILLE, *Trésor généalogique*, vol. XXI, fol. 115. Bibl. de Richelieu, Cabinet des titres.

3. *Monasticon anglicanum*, p. 835. (DOCUMENT VII.)

Richard et son codonateur contribuèrent encore quelque temps après au développement du monastère de la Roche par diverses œuvres pies [1].

Peu d'années après 1147, Richard de Bully, sur l'avis et avec le consentement de sa femme, combla de bienfaits nouveaux l'abbaye susnommée et détacha de ses possessions, pour les incorporer dans celles du moustier, le manoir d'Eilrihetorp et ce qui en relevait. Il corrobora en outre la cession de la terre de Guillaume Alz, effectuée par son père. Dans cette charte, à laquelle prirent part ROBERT DE BULLY et GUILLAUME DE BULLY, ce dernier est désigné comme fils et héritier de Richard [2].

En vertu d'une charte, octroyée l'an de l'incarnation 1161 le jour de la fête de saint Philippe et de saint Jacques, RICHARD DE BULLY, de concert avec sa femme EMMA et ses hoirs, abandonna au monastère de Kyrkestède un masage compris dans le territoire de Kymberwoth et comprenant des maisons, un jardin et quatre forges ainsi que le minerai et le bois nécessaires à leur alimentation. A cette largesse il ajouta le droit de pâturage pour dix bêtes à cornes et quatre chevaux [3].

1. *Monasticon anglicanum,* p. 836, 1re colonne. (Voir aux *Pièces justificatives,* DOCUMENT VIII.)

2. *Ibidem,* page 836, colonne 1. (Voir aux *Pièces justificatives,* DOCUMENT IX.)

3. *Ibidem,* page 836, colonne 1. (Voir aux *Pièces justificatives,* DOCUMENT X.)

Dans une charte antérieure, Richard de Lubetot avait augmenté les vastes propriétés du couvent de Sainte-Marie de Kyrkestède. Richard de Bully est cité dans le groupe des personnages présents [1].

ROBERT DE BULLY est parmi les témoins d'un acte confirmant le don du moulin de Northun aux religieux de Sainte-Marie et de Saint-Jean de Pontefracto, précédemment fait par Jourdain Folioth [2]. Robert de Bully figure également en 1159 parmi les garants d'une autre cession faite au même monastère par le même bienfaiteur [3]. Il eut pour fils OTHON DE BULLY.

Jourdain Folioth dota, comme on l'a vu, l'abbaye de Pontefracto du moulin de Northun, sous la condition que les religieux payeraient, tous les ans, à la chapelle dudit lieu de Northun une redevance d'un demi-marc d'argent. Au nombre des signataires et répondants de cet acte généreux, nous avons retenu le nom de GUILLAUME DE BULLY [4] (*Pièces justificatives*, DOCUMENT XIV).

Robert de Lacy, désireux de pourvoir au salut de ses parents en général et au sien en particulier, offrit au couvent de Kirkestall la vacherie voisine de Rundehaia,

1. *Monasticon anglicanum*, page 836, 1re col. (*Pièces justificatives*, DOCUMENT XI.)

2. *Ibidem*, page 626, 2e col. (Voir à l'*Appendice*, DOCUMENT XII.)

3. *Ibidem*. (Voir à l'*Appendice*, DOCUMENT XIII.)

4. *Ibidem*, p. 656, 1re et 2e col.

et appelée Brakineleia. Cet acte fut passé, l'an 1159, en présence de GUILLAUME DE BULLY[1].

JEAN DE BULLY, fils de Richard, confirma vers 1180, toujours dans le but de procurer le paradis à l'âme de ses père, mère et ancêtres, toutes les libéralités dont les siens avaient comblé l'abbaye de la Roche[2] et celle de Blyth. Jean de Bully mourut, d'après M. Fourcin, en l'année 1213[3].

EUDES DE BULLY assista en 1185 Jean de Montchevrel, lorsque celui-ci corrobora, en la ratifiant, l'offrande de la dîme de Montégny, antérieurement faite par Mathieu, sire de ce fief[4].

Un seigneur de Bully, qui devait être l'un des deux précédents, contribua par sa bienfaisance au développement de l'hôpital de Neufchâtel, fondé en 1190 par Robert le Bourguignon. Les autres bienfaiteurs résidant à Bully furent Richard, fils de Raoul de Beaumont qui, en 1212, fit un légat pour le remède de son âme, ainsi que de celles du comte Hamelin, de la comtesse Isa-

1. *Monasticon anglicanum,* page 862, 1re et 2e col. (Voir à l'*Appendice,* DOCUMENT XV.)

2. *Ibidem,* p. 836, 1re et 2e col. (Voir à l'*Appendice,* DOCUMENT XVI.)

3. *Recueil statistique et historique sur la commune de Bully,* par M. Fourcin, manuscrit communiqué par l'auteur.

4. *Premier Cartulaire de l'abbaye de Saint-Germer,* p. 46. — D. VILLEVIEILLE, *Trésor généalogique,* vol. XXI, fol. 115; Cabinet des titres, Bibl. de Richelieu. — *Essai historique et archéologique sur le canton de Gournay,* par l'abbé J.-E. Decorde, p. 25.

belle et de Bernard Fouker, son homme, « establi sous le vivier de Bully; » Nicolas Aisselin, de la paroisse de Bully, imita ce noble exemple en 1264 [1].

MANASSÈS DE BULLY, en 1195, fit un acte de munificence pieuse envers les chanoines de Gournay, auxquels il permit de prélever annuellement sur le moulin de Boshyon un muid d'avoine, destiné à l'entretien d'une lampe ardente devant le tombeau de saint Hildevert [2].

M. Fourcin élimine de la famille de Bully ledit Manassès de Bully, qui lui paraît par trop ressembler à Manassès de Bulles, son contemporain, lequel tenait la seigneurie de ce nom près de Clermont en Beauvoisis. Les raisons pour et les raisons contre se balancent. Dans le doute, il est prudent de s'abstenir et de ne pas présenter Manassès comme nôtre. Je me contente donc d'enregistrer son nom, pour appeler sur lui l'attention et la lumière.

THOMAS DE BULLY, dont l'existence nous est révélée par un document du fonds Longueville (*Archives départementales de la Seine-Inférieure*), concourut à l'octroi d'une charte par Guillaume, comte de Varenne, au déclin du XIIe siècle. Je penche à croire que ce Thomas de Bully est le même que celui dont M. Fourcin

1. *Recueil statistique et historique sur la commune de Bully*, par M. Fourcin, manuscrit communiqué par l'auteur, p. 127.

2. *Description de l'arrondissement de Neufchâtel*, par Guilmeth, 1836, in-8°, p. 26-27.

a retrouvé la trace en 1234. Le consciencieux auteur du *Recueil historique et statistique sur Bully* observe qu' « il « y avait encore à Bully une famille de ce nom en 1234. « Thomas de Bully est cité dans la charte d'Hélie de « Bonnefille de cette année, faite au profit des religieux « de la maison de Dieu de Neufchâtel, comme ayant « une pièce de terre bornant à celle qui se trouve « désignée dans cette charte, que nous croyons des- « cendre d'une branche cadette déshéritée de Roger « de Bully [1]. »

HENRI DE BULLY participa, l'an 1201, à la rédaction d'une charte d'Hervé, comte de Nevers, destinée à émanciper un serf [2]. Il est mentionné dans le *Cartulaire de Philippe-Auguste* comme l'un des plus puissants feudataires du bailliage de Lorris, en Gâtinais, et comme relevant du roi de France [3].

Il est présumable que Henri de Bully dut fonder son établissement en Gâtinais en vendant à des étrangers la majeure portion du patrimoine de Normandie. Nous faisons cette remarque pour prouver que l'appropriation de Bully par les de Melleville, dont

1. *Recueil historique et statistique sur la commune de Bully*, par M. Fourcin, p. 272. (Voir *Appendice*, DOCUMENT XVII.)

2. *Cartulaire de l'abbaye de Villeloin.* — D. VILLEVIEILLE, *Trésor généalogique*, vol. XXI, fol. 115. Cabinet des titres.

3. *Collection de Camps*, vol. III, fol. 210 ; Bibl. de Richelieu, Cabinet des titres. — *Ancien Cartulaire de Philippe-Auguste*, fol. 3. — *Cartulaire de Philippe-Auguste*, chapitre x, acte 3.

nous parlerons tout à l'heure, dut avoir pour cause le déplacement des aînés du lignage des Bully. La perte du fief originel put être aussi amenée par la confiscation de la Normandie. Philippe s'en empara en 1203, pour châtier Jean sans Terre d'avoir répondu par un refus à la sommation de venir devant le monarque français justifier l'assassinat d'Arthur, duc de Bretagne.

En décembre 1219, GEOFFROY DE BULLY[1], Hugues

1. Cette charte de garantie (*Pièces justificatives,* DOCUMENT XVIII) est conservée aux archives de France, J. 622, II, n° 5. Le titre original, reproduit dans les *Layettes du Trésor des chartes,* par M. Teulet, t. I, p. 493 et 494, porte les sceaux des divers contractants. Celui de Geoffroy de Bully s'est détaché, mais on retrouve ses armes en cire jaune, double queue, à la suite des lettres ci-après, provenant de la même source que l'acte de 1219 (J. 256, Nevers n° 9) :

Melun. 1221-1222. Février.

Litteræ Gaufridi de Bulli, ejusdem argumenti et formæ. — Quod ut firmum sit et stabile presentes litteras sigillo meo sigillavi. Actum Meleduni, anno Domini M° CC° vicesimo primo, mense februarii.

Le sceau appendu à ces lettres est ainsi décrit par M. Douet d'Arcq dans sa *Collection des Sceaux,* t. I, p. 510, n° 1607 :

BULLY (GEOFFROI DE).

(1221)

SCEAU ROND, DE 47 MILL. — ARCH. DE FRANCE, J. 256 N° 9.

Armorial. Une croix recercelée, brisée d'un lambel.

..... VFRID' : D' BVLI : MARESCALLI NIV.....

CONTRE-SCEAU.

Écu d'un plein sous un chef.

(Sans légende.)

Les armes de Geoffroy ne sont pas les mêmes que celles des représen-

l'Orme, Hugues de Saint-Véran, Bernard de Montfaucon, Pierre de Livron et Ansel Bridaine furent les répondants fournis à Philippe-Auguste par Hervé,

tants de la famille de Bully au XVIIe siècle et de nos jours. Cette dissemblance ne prouve rien contre la communauté d'origine et l'unité de la race.

Avant l'édit d'Amboise (1555), les armoiries étaient sans fixité et chacun pouvait les modifier suivant ses convenances. Le chevalier banneret, dans les courses ou les batailles, était exposé à perdre fréquemment son sceau. Il opérait alors avec celui de son office, ou d'une alliance, ou de l'un de ses fiefs, ou même avec celui d'un autre capitaine. « Il y eut les armes des « familles et les armes personnelles, » dit M. de Coston, dans son *Étymologie des noms propres*, p. 207. Dalloz, en son *Répertoire de Jurisprudence*, article *Noblesse*, vol. XXXII, p. 501, n° 15, nous apprend que « l'usage permettait, dans les premiers siècles de l'emploi des armoiries, de « changer arbitrairement; mais on fit à la longue un tel abus de cette « faculté, que l'ordonnance du 26 mars 1555, article 9, défendit à toutes « personnes de changer leurs armes sans avoir obtenu des lettres de dis- « pense et permission, à peine de mille livres d'amende et d'être puni comme « faussaire. Les armoiries non timbrées étaient l'apanage de certaines « dignités ou fonctions. »

M. de Semainville, dans son *Code de la Noblesse*, p. 445, explique ainsi la cause de la différence dans la forme des armoiries : « Il ne faudrait « pas conclure de ce qu'un acte fait par un particulier est signé d'un sceau, « que ce sceau fût le sien. Ainsi qu'on le voit dans le *Dictionnaire diplo- « matique*, on scellait souvent d'un sceau emprunté à des personnes égales « ou supérieures en dignité. »

Bien avant, l'auteur contemporain que nous venons de citer, de la Roque, dans son traité de l'*Origine des Noms*, chapitres XXXIII et XXXIV, p. 54, 207 et 208, avait démontré victorieusement « qu'il y a des familles qui ont « mesme nom et diversité d'armes, et d'autres qui ont diversité de noms et « des armes semblables, et quelques autres qui tirent leurs armes de leur « seigneurie. »

Le célèbre feudiste corrobore son opinion par des exemples :

« Je commenceray par celles de Caumont en Gascogne, dont l'une porte : « *Tranché d'or, de gueules, et d'azur* et l'autre : *D'azur, à trois léopards d'or.*

« Percy, en Angleterre, qui vient du sang de Louvain, désigne son escu :

comte de Nevers, qui s'était obligé à ne donner d'époux à sa fille Agnète qu'avec l'agrément du roi de France.

« *D'or, au lion d'azur;* et ceux de ce nom, en France, originaires de Nor-« mandie et établis en Angleterre, portent : *De sable, au chef danché d'or.*

« Ainsi l'ancien Montgommery, en Normandie, portoit : *D'azur, au lion* « *d'or,* et en Angleterre, en Écosse et encore en Normandie : *De gueules, à* « *trois fleurs de lis d'or.*

« On remarque aussi que les seigneurs d'Audelay, du nom de Touchet, « en Angleterre, portent : *D'hermines, au chevron de gueules,* et en Nor-« mandie, ceux de ce nom ont : *D'azur, à trois mains d'or;* les premiers y « ont ajouté un chevron d'argent.

« Bray, en Angleterre, porte : *D'argent, au chevron, accompagné des* « *trois pattes de griffon de sable.*

« En Angleterre, deux autres maisons du nom de Bray ont des armes « différentes; l'une, *D'argent, au chef de gueules, chargé d'un léopard* « *d'or;* l'autre, *Échiqueté d'or et d'azur à la bande accompagnée de deux* « *cotices de gueules.*

« Bailleul, en Artois : *D'argent, à la bande de gueules.*

« Bailleul, en Flandres : *De gueules, au sautoir de vair.*

« Bailleul, en Picardie, s'arme : *D'hermines, à l'écusson de gueules.*

« Bailleul, en Normandie : *Parti d'hermines et de gueules;* et encore « *D'hermines, semé de croisettes recroisées, au pied fiché, à la croix* « *niellée de gueules.* Autre Bailleul : *De gueules, semé de croisettes, et* « *à la croix niellée d'argent.*

« (Chapitre XXXIV.) Au nombre de ceux qui ont pris les noms et les « armes de leur seigneurie qu'ils avoient acheptée, Jean Scohier cite Cha-« noine Bergue, Jacques Mouton, seigneur de Turcoing, qui achepta la « terre de Harchies en 1440, dont il porta le nom et les armes, brisées d'un « canton de gueules; il les écartela de celles du Quesnoy, à cause de Mar-« guerite du Quesnoy, sa mère.

« De même Guillaume Lejosne, seigneur de Contay, gouverneur d'Arras, « qui mourut en 1467, prit les armes de Contay, sa seigneurie, qui étoient : « *De gueules, semé de fleurs de lis d'or, fretté d'argent.* Jean de Landois « possédoit la terre de Hérouville-Azeville, dont il prit le nom et les armes.

« Ceux qui succèdent à une souveraineté en peuvent prendre les armes

D'après un relevé de dépenses pour chevauchées, Geoffroy de Melun fut dépêché en 1229 par Geoffroy de Bully vers le comte et la comtesse de Nevers[1].

Geoffroy de Bully, chevalier, tenait en plein fief, sous la mouvance du roi, tous les domaines qu'il possédait dans le bailliage de Lorris, en Gâtinais. Il se porta caution de la promesse faite à Philippe-Auguste par le comte de Nevers. On sait que ce dernier s'était engagé, l'an 1219, à ne marier sa fille qu'avec le consentement du monarque[2].

Sur le compte de Th. Carnot et d'Aymeric Poul, dressé au mois de juillet 1231, le mercredi après la Madeleine, figure Geoffroy de Bully, comme ayant touché vingt livres quatorze sols, pour un service de vingt-trois jours[3].

Nous savons par un rôle des baillis de France,

« de plein droit et mettre dans un quartier inférieur celles de leur maison. » (*Traité de l'origine des noms et des surnoms, par messire Gilles-André de la Roque.*)

1. « *Itinera, dona et hernesia, an. MCC. XXXIX.* — Gaufridus de « Meleduno, missus pro GAUFRIDO DE BULLIACO ad comitem et comitissam « Mathildem Nivernensem et dominum Gaufridum de Arseio XX s. » (*Recueil des historiens des Gaules et de la France*, t. XXII, p. 594.)

2. *Collection de Camps*, vol. III, fol. 210; Bibl. de Richelieu, Cabinet des titres. — *Ancien Cartulaire de Philippe-Auguste*, fol. 3 et 120. — *Cartulaire de Philippe-Auguste*, chapitre x, acte 3, et chapitre IV, acte 29.

3. *Recueil des historiens des Gaules et de la France*, publié par MM. Guigniaut et de Wailly, tome XXI, page 221. (Voir à l'*Appendice* le DOCUMENT XIX.)

remontant à 1248, que Geoffroy de Bully était à la tête du bailliage de Cotentin en 1234 [1].

Deux ans après il reparaît dans la même charge, voici à quelle occasion. Le roi, en 1236, assembla son conseil pour délibérer sur une demande de la comtesse de Boulogne, relative aux grands fiefs de Caux et d'« Alisiaco. » Dans l'entourage du prince et de la reine, on remarque Geoffroy de Bully, chevalier, le comte de Montfort, Jean de Nesle, Jean de Beaumont, Renaud de Triecot, Geoffroy de la Capelle, Jean de Dome et plusieurs autres grands personnages, gouverneurs de diverses régions de Normandie [2].

Geoffroy de Bully est désigné comme pourvu de la dignité de bailli, ailleurs que dans l'ouvrage ci-dessus,

1. FRAGMENTA COMPUTORUM AB ANNO M. CC. XXVII AD ANNUM M. CCC. XXVI. E computo baillivorum Franciæ, de termino Candelosæ, anno 1248.

Lucas de Villaribus, baillivus Constantiensis. (*Ici se trouve un renvoi à la note ci-après* :) Ante hunc occurrunt apud Brussel, anno 1215, Milon de Levées (rectius fortasse, quemadmodum anno 1217, de Lineis vel de Lignes) ; anno 1217, Milon de Lignes ; anno 1227, Jean de Friscan ; anno 1234, GEOFFROY DE BULLY. (*Recueil des historiens des Gaules et de la France*, tome XXII, page 739.)

2. Isti sunt quos consuluit dominus rex super petitione comitisse Bolonie de terra Caleti et Alisiaci, anno Domini M. CC. XXX° sexto, die inventionis Sancte Crucis ; et dixerunt consilium suum, presentibus istis : domino rege, domina regina, comite Montisfortis, Johanne de Nigella, Johanne de Bellomonte, Renaldus de Triecot, Gaufridus de Capella et Petro Tristi, militibus, et GAUFRIDO DE BULLEIO, milite, magistro Johanne de Curia, Johanne de Vineis, et Johanne de Domibus, ballivis. (*Cartulaire normand de Philippe-Auguste, Louis VIII, saint Louis et Philippe le Hardi*, publié par Léopold Delisle, 1832, in-4°, p. 69.)

notamment dans les *Recherches historiques et archéologiques sur le Bray Normand et le Bray Picard*, par N. P. de la Mairie, tome Ier, p. 347.

D'après les lettres de Mahaud, comtesse de Nevers, datées de 1250, messire feu Geoffroy de Bully avait été aussi maréchal de Nevers[1]. Il maria sa fille Isabeau à messire Guion Berchart, chevalier, et lui constitua en dot une terre mouvante du sire de Bourbon. La même charte rappelle un partage de biens fait entre ADELINE, maréchale de Nevers, veuve de Geoffroy de Bully, et ses enfants Jean-Geoffroy et Isabeau, femme du susdit Berchart. Celle-ci, par suite d'un échange, rendit les fiefs qui lui avaient été précédemment assignés et reçut en compensation les moulins de Mex, sur la Nièvre, avec la dîme de vin de Nannai,

1. Il ne faut point s'étonner de voir, aux XIIIe et XIVe siècles, les grands officiers de la couronne se transporter, selon les nécessités de la monarchie, dans un pays éloigné de leur gouvernement. La politique d'alors, comme celle d'aujourd'hui, désireuse de soustraire ses agents aux influences locales, envoyait les hommes du Nord dans le Midi et réciproquement. Il advenait aussi que les serviteurs du roi possédant sa confiance étaient pourvus de diverses charges en des provinces différentes et distantes. C'est ainsi que Jean de Marigny, évêque de Beauvais, reçut de Philippe de Valois le commandement de ses armées opérant ès parties de Languedoc, que Pierre de Galard, grand maître des arbalétriers, né en Gascogne, et grand feudataire en Périgord, était gouverneur des Flandres. On le trouve constamment en pérégrination guerrière d'une contrée à l'autre. Geoffroy de Bully, qui paraît avoir été familier de Philippe-Auguste, pouvait très-bien exercer successivement ou simultanément les dignités de bailli du Cotentin et de maréchal de Nevers.

sur laquelle les moines de Saint-Nicolas avaient le droit de prélever annuellement dix muids de vin, mesure d'Auxerre, en vertu d'une concession antérieure de Geoffroy de Bully. (*Pièces justificatives*, DOCUMENT XX.)

ALBÉRIC DE BULLY (de Bulliaco), chevalier, est signalé dans la première moitié du XIIIe siècle, comme un vassal de la couronne de France, pour plusieurs fiefs dépendants de la châtellenie de Gien [1].

YDONIE ou IDOINE DE BULLY, fille et héritière de JEAN DE BULLY, épousa Robert de Vieuxpont [2] ou Vatripont, lord de Westmoreland et bailli de Caen en l'année 1217. Le mariage est rappelé dans les *Magni*

1. *Coll. de Camps*, vol. III. Bibl. de Richelieu, Cabinet des titres.

2. De même que les de Bully, les Vieuxpont normands s'étaient implantés en Angleterre dans une de leurs branches à la suite de Guillaume le Conquérant. La souche était restée en France, où elle existait encore à la fin du XVIe siècle, ainsi qu'il appert de la citation suivante :

« En 1558, il reçut la fondation d'une messe du Saint-Sacrement faite par messire Jean Peigné, prestre pensionnaire d'Hébecourt et chapelain de la chapelle du château du Quesnoy, à l'intention dudit donateur et à celle de haut et puissant seigneur messire André des Courtils. Le même jour, ce dernier fit don de la maison vicariale, à la charge par le vicaire de dire avec ses écoliers, après le salut, un *De profundis* sur la tombe de dame Nicole de Vieuxpont, épouse du donateur, et d'y jeter de l'eau bénite; ce qui se pratiquait aussi par le sieur curé, accompagné desdits sieurs clerc et écoliers, à l'issue de la messe et des vespres. Le donateur de cette maison l'avoit achetée pour y établir le vicaire précepteur des écoles, et y être enseigné audit lieu comme en un collége. » (*Essai historique et archéologique sur le canton de Gournay*, par l'abbé Decorde, note 1 de la page 86.) Les de Vieuxpont-Ile de France portaient : *D'argent, à six annelets de gueules.*

rotuli Normaniæ, publiés par M. Stapleton. Idonie donna à son mari un fils du prénom de JEAN, dont la targe, dessinée sur un rôle de 1240, représente un *Écu de gueules à six faux rondelets.*

Nous trouvons dans le *The baronage* de Dugdale, page 348, quelques lignes intéressantes sur Robert de Vieuxpont, époux d'Idonie de Bully. Nous les copions :

« Robert de Vieuxpont[1] fit construire en Powys-« Land un château fort que Leweline, prince de Galles, « assiégea en 1212. Il jouissait, ainsi que son frère Ivo, « d'une grande faveur auprès du roi Jean. Mathieu « Paris les range tous les deux parmi les conseillers « funestes du souverain auquel Robert offrit quatre « palefrois pour reconnaître la concession d'une foire « de quatre jours, qui devait s'ouvrir la semaine de la « Pentecôte dans sa châtellenie de Bautre, en Pork-« shire. Par suite de son alliance avec Idonie, fille de « Jean de Bully, Robert de Vieuxpont concentra dans « ses mains tous les territoires et manoirs qui compo-« saient la succession dudit Jean (de Bully), et dans « lesquels était comprise la baronnie de Tickill. »

Idonie était veuve l'an 1232, lorsqu'elle ratifia une donation précédemment faite au prieur et aux moines de Blyth et à l'église Sainte-Marie du même lieu. Cet

1. Il était petit-fils d'un autre Robert qui, en 1096, partit pour la Palestine. Les exploits de ce croisé se confondent avec ceux du célèbre Tancrède, dont il était l'émule et le compagnon d'armes.

acte de bienfaisance, qui fut inspiré à noble dame Ydonie de Vieuxpont[1] par le désir d'opérer le salut de son âme et de celle des siens, assurait au couvent la terre de Lyenini de Dumo, avec ses appartenances. La donatrice s'engagea, pour elle et son successeur, à sauvegarder la cession territoriale, rapportée dans cette charte, de toute atteinte et empiétement[2].

Idoine ou Idonie de Vieuxpont fait savoir à tous les enfants de la sainte Église catholique et romaine, qu'étant veuve et soucieuse d'outre-tombe, elle sanctionne les dotations faites par elle ou ses devanciers à Sainte-Marie de Blyth. Elle réunit en outre à cette église les chapelles de Dilterfeld et de Bautre. Elle entend que les moines les possèdent en élémosine entière et perpétuelle, ainsi qu'il est prescrit dans une charte de son père, Jean de Bully. La noble dame, pour que sa concession soit à jamais stable et ferme, fit appendre son sceau au bas de l'acte accompli en présence de Richard, abbé de la Roche, de Jean Wascelin, Richard de Busevill, Roger de la Haye, chevalier, Hugon, prêtre, Jean de Noketon, etc.

Richard de Boyvil atteste, en présence d'amis et de

1. Voir DOCUMENT XXI. — *Les conquestes et trophées des Normands*, par Gabriel Dumoulin, mentionnent une Yvonne de Vieuxpont qui me paraît ne faire qu'une seule et même personne avec Idonie de Vieuxpont.

2. *Monasticon anglicanum*, page 554, 2e col. (Voir aux *Pièces justificatives*, DOCUMENT XXII.)

familiers, que Ydonie de Bully a transporté, en l'année 1241, à l'abbaye de la Roche, le manoir de Sandbec, avec toutes les charrues et les objets mobiliers qui s'y trouvaient[1].

Il est prouvé, par les *Magni rotuli Normaniæ*, que certains fiefs d'Idoine de Vieuxpont étaient en 1242 dans les mains d'Alix, comtesse d'Eu.

M. Fourcin commente cette appropriation dans les termes ci-après : « Nous regrettons, — dit-il, — que le « détail de ces biens ne soit point donné par M. Stapleton, nous eussions peut-être su si notre terre seigneuriale était encore dans les mains des descendants de Roger de Bully en 1202, au moment de la « conquête de la Normandie par Philippe-Auguste. Cet « auteur nous dit seulement que la comtesse d'Eu « était en Angleterre la suzeraine d'Idoine de Bully « pour un grand nombre de fiefs, et qu'en cette qualité, la garde des biens des enfants de cette dernière, « devenue veuve, lui appartint jusqu'à leur majorité; « mais qu'elle lui fut contestée par le roi, auquel il « lui fallut payer 100 marcs pour en avoir la jouissance, par accord fait entre eux en 1242.

« Cette vassalité des biens anglais tirait probablement son origine des fiefs donnés par Guillaume le

1. *Monasticon anglicanum*, page 836, 2e col. (Voir à l'*Appendice* le DOCUMENT XXIII.)

« Conquérant à Roger de Bully, à condition de les tenir « du comte d'Eu, qui l'avait aidé si vaillamment dans « la conquête. Quant à notre terre de Bully, nous « croyons qu'elle relevait avant 1202 du comté d'Eu, « et cela d'après le texte de la charte d'Alix de 1219, « que nous avons rapportée ailleurs [1]. »

ROBERT DE BULLY, dans l'espoir de gagner le ciel, confirma, en 1237, de concert avec Guillaume de Nutuniel, l'abandon d'une maison à Secqueville, fait par Robert Richer, au prieuré bénédictin de Sainte-Marguerite de Vignats, au diocèse de Séez [2].

Les pouvoirs de faire des enquêtes et des restitutions en Languedoc furent renouvelés et confirmés en 1256 par saint Louis aux commissaires de l'année précédente. GEOFFROY DE BULLY, archidiacre, fut chargé d'une mission analogue dans l'Orléanais et le Berry, pendant que d'autres députés royaux procédaient aux mêmes informations dans le diocèse d'Évreux [3].

RICHARD-VINCENT, seigneur de Bully, approuva, en 1259, la rente d'un muid d'orge dont le monastère des dames Sainte-Marie de Villers-Canivet, ordre de Cîteaux, au diocèse de Séez, avait été jadis gratifié par

1. *Recueil statistique et historique sur la commune de Bully*, par M. Fourcin, exemplaire de l'auteur, p. 506.

2. *Mémoires de la Société des Antiquaires de Normandie*, t. VIII, 2e partie, p. 285. Cette charte porte le n° 66.

3. *Vie de saint Louis*, par J. de Gaulle, t. IV, p. 97.

Simon, seigneur de Berville. Ce cens en nature devait être prélevé sur le moulin de Bully [1].

ROBERT DE BULLY était archidiacre du Petit-Caux en 1260 [2].

JEAN et PIERRE DE BULLY, frères, et fils de JEAN DE BULLY, se dessaisirent, en 1263, de tous leurs droits sur le moulin d'Arondel et les passèrent à l'abbaye de Saint-Pierre de Fontenay, dépendante de l'abbaye de Bayeux [3]. Ledit Pierre de Bully était tenu envers l'abbaye de Foucarmont à certaines redevances qui n'avaient pas été servies au terme fixé. Les arrérages accumulés s'élevaient à la somme de dix sols. Les légitimes réclamations du couvent amenèrent des difficultés qui furent aplanies par l'acquittement partiel de la dette et par un compromis conclu en 1281 [4].

En 1258, Guillaume du Vivier, demeurant en la paroisse de Quiévrecourt, opéra la vente d'un terrain appelé la Planque-Fortin en faveur du prieur de Saint-Thomas le Martyr, moyennant 13 livres et une demi-once de poivre. Ce contrat fut ratifié par Jean de

1. *Mémoires de la Société des Antiquaires de Normandie,* t. VIII, 2e partie, p. 319, nos 209 et 210.

2. *Histoire de Rouen,* par Facin, 3e partie, p. 109.

3. *Mémoires de la Société des Antiquaires de Normandie,* t. VIII, p. 382, n° 209.

4. *Cartulaire de l'abbaye de Foucarmont,* fol. 71. — *Trésor généalogique,* par D. Villevieille, t. XXI, fol. 115 ; Bibl. de Richelieu, Cabinet des titres.

Bully, seigneur dudit lieu. M. Fourcin estime que ce Jean de Bully était un Melleville. Or M. Fourcin affirme ailleurs que plusieurs membres de l'ancienne famille de Bully, notamment deux, du prénom de Thomas, cohabitaient avec les Melleville ou les Louvel, l'un en 1234, l'autre en 1333, dans le clos féodal de Bully. Il faut admettre, dès lors, que le premier de ces Thomas eut un fils et l'autre un père. Incorporer Jean de Bully d'emblée dans la race de Melleville me semble donc un peu hasardeux. Ceux qui s'appelaient Bully patronymiquement devaient surveiller avec jalousie ceux qui, après leur avoir pris leur patrimoine, auraient tenté de s'assimiler leur nom. Les de Melleville avaient assez d'illustration d'ailleurs pour n'avoir pas besoin de celle d'autrui et pour tenir à demeurer distincts. A cette époque, les coseigneurs étaient très-souvent qualifiés seigneurs. De plus, si Thomas de Bully était encore en possession partielle de Bully l'an 1333, il est possible que la portion de ses ancêtres eût été plus importante et qu'ils eussent mérité à ce titre la désignation de seigneurs[1]. Ce n'est pas tout : ce Jean de Bully paraît être identique au Jean de Bully ci-dessus, qui

1. En même temps que Jean de Bully, existait Richard-Vincent de Bully, qualifié *seigneur de Bully* et signalé ci-dessus page 28. Celui-ci, en 1259, reconnut que le moulin de ce lieu devait un muid d'orge aux dames Sainte-Marie de Villers-Canivet. Richard-Vincent, pas plus que Jean, ne peut être attribué au lignage de Melleville. Il reste par conséquent acquis à la descendance de la vieille maison de Bully.

se montre avec son frère Pierre dans la donation faite en 1263 à l'abbaye Saint-Pierre de Fontenay, membre de celle de Bayeux. La raison est facile à fournir : si l'on trouve un Jean et un Pierre de Melleville contemporains d'un Jean et d'un Pierre de Bully, il est impossible de les confondre, puisque les premiers, d'après M. Fourcin, étaient fils de Guillaume de Melleville[1], et que les autres, d'après le titre précité, l'étaient de Jean de Bully.

ENGUERRAND DE BULLY était seigneur du Hamel en 1296, comme il appert d'une pièce manuscrite conservée au Cabinet des titres, dossier de Bully[2].

Sur le compte de ceux qui se tinrent aux champs en l'année 1301, SIMON DE BULLY est porté pour vingt-deux jours[3].

JEAN DE BULLY[4] (*Bulliæ, Bullie*), archidiacre du

1. Je cite textuellement M. Fourcin : « Après Robert de Melleville, nous « trouvons Guillaume de Melleville, chevalier, auquel le *Pouillé* original « d'Odon Rigault donne le titre de seigneur de Bully. Il ne nous est connu « que comme père de Jean ; sa femme se nommait Heluise. »

2. Titres originaux, dossier de Bully ; Bibl. de Richelieu, Cabinet des titres.

3. *Recueil des historiens des Gaules et de la France*, t. XXII, p. 507. (Voir aux *Pièces justificatives*, DOCUMENT XXIV.)

4. Si ce personnage n'avait pas appartenu au Grand-Caux, j'aurais hésité à traduire le nom de *Bulliæ* par Bully, car cette orthographe latine est exceptionnelle au moyen âge. Celle des appellatifs particuliers est néanmoins si variable qu'on ne pourrait conclure, de cette forme anormale, que Jean n'est pas un de Bully. Or son identité me semble suffisamment démontrée par le pays de sa résidence. Dans des lettres du roi d'Angleterre

Grand-Caux, diocèse de Rouen, concéda au mois de mai 1290, à titre perpétuel, pour le remède de son âme, celle de ses parents et bienfaiteurs, à Sainte-Marie-Madeleine des Deux-Amants, trois pièces de vignes, sises dans la paroisse de Triel. Il imposa en retour aux religieux de célébrer, pendant le reste de sa vie et après sa mort, une messe du Saint-Esprit[1].

Jean Baratte, vicaire du chanoine de Feuguerolles, dans le but de dépouiller RICHARD DE BULLY du patronage de l'église Saint-Martin, mit ce bénéfice en 1339 sous la protection du prieuré du Plessis-Grimoult. Cette mutation est constatée dans une lettre de l'officialité de Bayeux, scellée du sceau de Jean Baratte et signalée dans les *Mémoires de la Société des Antiquaires de Normandie*, vol. VIII, deuxième partie, page 131, de la collection in-8°.

Dans un traité de paix entre le roi d'Angleterre et celui de France, ce dernier donna, en 1368, comme garant de sa parole et comme otage de la ville de Compiègne, SIMON DE BULLY, en remplacement de Henri de Léglise. Nous relevons ce fait dans Rymer,

de 1201, recueillies par Bréquigny, vol. XLI de sa collection, on trouve Tillei, Tilleio et Tilliæ, traduit tantôt par *Tilly*, tantôt par *Tillis* pour le même personnage.

1. *Archives du département de la Seine-Inférieure*, série D, p. 22, 2e col. (Voir *Appendice*, DOCUMENT XXV.)

qui donne le texte des lettres royaux dépêchées à ce sujet et dont la teneur est celle-ci :

ANNÉE 1368.

DE ADMISSIONE OBSIDUM.

« Le roi a touz ceulx, qui cestes lettres verront ou « orront, salutz.

« Savoir vous faisons qui nous avons receu, pur « hostage de la ville de Compiengne, SYMON DE BULLY[1], « au lieu de Henry de Léglise, hostage pur la dite « ville, à cause l'accomplissement de choses, promises « et accordeez à nous de la partie nostre très-cher « frère de France.

« Et, pur tant, nous promettons au dit Symon, qui « nous luy accomplirons toutes choses, qui promis et

1. Ce rameau picard des Bully existait encore le 1er juillet 1611 dans les environs de Compiègne. A cette époque, en effet, un contrat de vente nous révèle que Nicaise de Bully était conseiller du roi et garde des sceaux dans la prévôté de Pierrefonds :

« A tous ceulx qui ces presentes lettres verront : Nicaise de Buly, con- « seiller du roy, nostre sire, et garde pour le dict seigneur et la royne Mar- « guerite, duchesse de Valois, des sceaux roiaulx aux contrats et obligations « de la chastellenie et prevosté de Pierrefonz, salut : sçavoir faisons que par « devant Anthoine Gosset, tabellion royal juré en ladicte chastellenie et pré- « vosté, fut présentée en sa personne Élisabeth Patyssier, vefve de Jean « Montron, laquelle recogneut avoir vendeu, ceddé, quicté et transporté, et « promect garantir de tous troubles comme empeschemens quelconques, etc. » (*Titres originaux, dossier de Bully, Cabinet des titres, Bibl. de Richelieu, parchemin.*)

« accordé avons à les autres hostages de sa *condicion.*

« Don, par tesmoignage de nostre grant seal, a « nostre palais de Westm. le XXIII jour de fevérer [1]. »

Nous venons de voir les de Bully tenir le premier rang historique entre les hauts barons d'Angleterre et seigneurs de France aux XIe, XIIe, XIIIe et XIVe siècles. Ils seront encore fréquemment mêlés aux grands événements dont la Normandie fut le théâtre jusqu'à la Renaissance. Mais à partir de cette époque, leur situation, quoique infiniment honorable et honorée, n'est plus à la hauteur de leur passé illustre. Déjà amoindris considérablement par les confiscations de Philippe-Auguste, ils vont être entraînés, par les calamités de la guerre de Cent ans et de la Réforme, dans une condition inférieure à celle de leurs ancêtres pendant le moyen âge.

Ces éclipses dans l'éclat des vieilles races se reproduisent souvent en nos annales. Les historiens qui ont suivi les phases diverses et changeantes des dynasties royales et féodales ont observé presque toujours dans leurs destinées des élévations alternant avec des chutes. On croirait que de Laigue avait prévu notre cas particulier lorsqu'il a fait ces réflexions générales :

« L'inconstance des choses humaines est telle, que, s'il étoit possible de connoître l'histoire de chaque

1. RYMER, *Fœdera*, édition de 1725, t. VI, p. 588.

famille sans acception de personnes ni de classes, on y verroit, dans l'espace d'un siècle au plus, d'étonnantes variations et de nombreux faits dignes de mémoire.

« La plupart des familles réputées anciennes ont éprouvé à diverses époques des accidents plus ou moins graves. Indépendamment des chances ordinaires de la vie, les dissensions civiles ont aussi beaucoup contribué à cette décadence. Tantôt ce sont des familles entières qui se trouvent frappées comme en masse dans leurs honneurs et dans leurs biens; tantôt ce n'est qu'une famille, ou une branche seulement, ou même un puîné, qui, ne pouvant plus soutenir son rang, ne tarde pas à être mis en oubli. *Cent ans bannière, cent ans civière.*

« Mais, comme les malheurs de la fortune se réparent avec le temps, soit par le métier des armes, soit par les emplois, soit enfin par le commerce ou toute autre branche d'industrie, les descendants de ceux qui sont ainsi tombés dans la foule et dans l'obscurité paroissent à leur tour sur le théâtre du monde. Les uns ne conservent qu'une connoissance souvent très-imparfaite de leur ancien état dans lequel ils rentrent; les autres, sans aucun souvenir de la gloire passée de leurs ancêtres, deviennent en quelque sorte les premiers de leur race. Semblables aux vagues d'une mer agitée, les familles s'élèvent et se précipitent alternativement. »

Du langage de M. de Laigue, on peut conclure que

les familles ne sont pas plus stables que les sociétés; que leur illustration, comme la gloire nationale, est sujette aux vicissitudes du temps ou aux sévérités du sort. Aussi voit-on, dans l'étude rétrospective des grandes maisons, ces alternatives de grandeur et de décadence qui reproduisent en petit la destinée des peuples et des royaumes.

Il est très-essentiel de prévenir toute confusion entre les sires primitifs de Bully et les de Melleville, de Louvel, d'Estrimont, de l'Estendart, qui s'approprièrent la terre de Bully, les uns en partie, les autres en totalité, au moyen d'alliances ou d'acquisitions. Les descendants des anciens feudataires, dont le nom patronymique et terrien était Bully, avaient perdu la majeure portion de ce grand fief au début du XIIIe siècle. Appauvris en outre par la guerre de Cent ans, ils ne purent recouvrer leur apanage originel, qui passa finalement aux mains étrangères des de l'Estendart. C'est pour bien faire comprendre la distinction existant entre les de Bully, les de Melleville, de Louvel, d'Estrimont et enfin les de l'Estendart, seigneurs et marquis de Bully, que nous allons faire connaître le passé des détenteurs de la châtellenie de Bully, dans l'intérieur et le voisinage de laquelle coexistaient les rejetons de la vieille souche normande.

En 1199, Robert de Melleville, châtelain de Monchaux, était bailli d'Eu. Il exerçait encore cette fonction en 1222, lorsqu'il aumôna 20 sols de rente à l'abbaye de la ville d'Eu. La léproserie de Saint-Thomas de Cantorbéry près Criel fut aussi comblée de ses largesses. Dans l'intervalle de 1199 à 1219, Robert de Melleville, qui, à la première date, n'était encore que sire de Monchaux, l'était devenu en grande partie de Bully, au détriment de la famille dans laquelle cet apanage se perpétuait dès le principe de la féodalité.

En 1219 en effet, Aëlis, comtesse d'Eu, constate que « monseigneur le roi conserve la suzeraineté de Bully, « que Robert de Melleville tient de luy dans la baillie « de Neufchâtel de Drincourt. »

Laissons à M. Fourcin le soin de déduire les causes qui, selon toute probabilité, amenèrent la spoliation des Bully véritables au profit des de Melleville. M. Fourcin exprime à ce sujet l'opinion que voici :

« Nous ne savons si Robert de Melleville possédait « la terre de Bully longtemps avant 1219 et s'il est le « premier de sa famille qui en devint propriétaire. « Toutefois nous le croyons, et, par cela même, nous « conjecturons qu'elle lui aura été donnée par Philippe- « Auguste en 1202, époque où ce monarque confisqua « à son profit tous les domaines que Jean sans Terre et « ceux qui lui étaient attachés possédaient en Nor- « mandie. »

L'opinion de M. Fourcin est aussi la nôtre. Il nous semble plausible, en effet, de penser que la perte de la terre de Bully doit être attribuée à la fidélité des petits-neveux de Roger de Bully pour la couronne d'outre-mer. Dans la Normandie comme dans l'Aquitaine, l'esprit des populations et de leurs seigneurs était favorable à la domination anglaise. Les feudataires de Bully, avant l'occupation par les de Melleville, devaient préférer à la suzeraineté française celle qui avait fait la grandeur de l'une de leurs branches et la gloire du pays normand par la conquête de la Grande-Bretagne. Leur passé les désignait tout d'abord aux sévérités de Philippe-Auguste. Il n'est donc pas étonnant que ce monarque ait enlevé la puissance politique et militaire, qui résidait dans le sol, à ceux qui pouvaient la tourner contre lui[1].

Après Robert vient Guillaume de Melleville, chevalier, auquel le *Pouillé original d'Odon Rigault* donne le titre de seigneur de Bully. Il ne nous est connu, dit M. Fourcin, que comme père de Jean. Sa femme se nommait Héluise[2].

Ces considérations expliquent pour quels motifs les de Bully ne sont guère plus, à partir de 1202,

1. Philippe-Auguste, d'ailleurs, ne faisait qu'appliquer les procédés de Jean sans Terre, qui avait donné, en 1200, à Robert de Lisieux le fief saisi par Henri II sur Robert Tancin. (*Coll. Bréquigny, vol. XLI, Normandie, fol. 64, Bibl. de Richelieu, Mss.*)

2. *Recueil hist. sur la commune de Bully*, par M. Fourcin, p. 279. — Voir plus haut, page 31, nos réflexions au sujet de Guillaume de Melleville et de ses fils.

qualifiés seigneurs de Bully. Ils reparaissent néanmoins comme sires du Hamel, patrons de divers établissements religieux et possesseurs de fiefs et d'arrière-fiefs dans la juridiction de Bully; d'où il suit que la privation des domaines féodaux et des prérogatives qui en découlaient n'avait pas été absolue.

Jean de Melleville[1], *persona* de *Bully*, était, en 1249, curé séculier de Bully, c'est-à-dire qu'il percevait les revenus sans exercer les fonctions spirituelles. En ce temps, en effet, les laïques ou les clercs tonsurés obtenaient non-seulement des commandes en grand ou des abbayes, mais encore en petit, c'est-à-dire des cures.

Des chartes diverses, conservées dans l'hospice de Neufchâtel et reproduites dans l'excellente *Monographie* de MM. Fourcin et Millet sur Bully, relatent plusieurs actes de munificence accomplis par Pierre de Melleville sous les années 1275, 1286[2], 1287, 1291.

1. M. Fourcin range un Guillaume de Bully (W. de Bulleyo), qui assista à l'échiquier de Normandie, assemblé à Rouen en 1243, parmi les membres présumés de la maison de Melleville. Ce Guillaume était chargé de subvenir aux frais d'un procès engagé par Jean Bailleul, chevalier, contre la comtesse d'Eu, qui revendiquait de ce dernier la mouvance contestée d'une terre. Or M. Fourcin a reconnu, en 1234 et en 1333, que des rejetons de la souche des anciens Bully existaient à côté et en même temps que les de Melleville. Pourquoi Guillaume ne serait-il pas tout aussi bien de la première race que de la seconde? Puisque les de Bully primitifs avaient conservé des fiefs et arrière-fiefs dans la haute seigneurie de Bully, ils relevaient, tout aussi bien que les de Melleville, de la comtesse d'Eu, qui exerçait sa suprématie sur l'ensemble des terres composant la châtellenie de Bully.

2. Des grandes forêts qui boisaient la paroisse de Bully, la plus impor-

En 1297, les dames Bernardines de Neufchâte furent gratifiées par Pierre de Melleville d'une partie des dîmes de Bully et du patronage de cette paroisse. Le revenu devait être affecté au soulagement et secours des passants et des pèlerins. (*Recueil statistique et historique sur la commune de Bully*, par M. Fourcin, exemplaire de l'auteur, p. 220.)

Nous détachons du fonds Gaignières une quittance délivrée en 1302 par Pierre de Melleville, écuyer. Celui-ci toucha sa solde de guerre en même temps que celle de ses compagnons d'armes, Jean Sauchoi et Jean Louvel.

« Je Pieres de Bully, faict savoir à tous ceux que « j'ai receu pour moi, pour Jean de Saucchoi, quones-« table de Eu, et pour Jehan Louviel, de la baillie de « Cax, XXII lib. et XI. s. de tor par la main de maistre « Guilliaume, cantre de Milli, et par la main de Jeffroi « Cocatris, pour le service que nous faisons à nostre « seigneur le roi en l'ost de Flandres.

« Donné à Arras l'an de grâce MCCC et II, la nuit « de Sainte Croix en septembre [1]. »

tante était celle du Quesnoy. Pierre de Melleville, dans une charte de 1286, permit aux moines de l'hôpital de Saint-Thomas le Martyr de Neufchâtel, de faire pacager trente vaches « en ses bos du Quesnoy de Bully. »

1. Cabinet des titres, titres scellés, vol. XXIII, BR, BU.

Au bas de cette pièce se trouve un petit sceau sur lequel on lit : *P. de Mesleville armiger*. Dans le champ est figuré un oiseau héraldique avec une tête de femme.

Trente et un ans plus tard, Jean de Louvel, cité plus haut, tenait la terre de Bully. M. Fourcin conclut de ce fait que Jean de Louvel dut épouser la fille et l'héritière de Pierre de Melleville. Le beau-père et le gendre présumés furent du nombre des chevaliers qui, à la bataille de Courtray, sauvèrent leurs éperons, tandis que leurs voisins, les comtes de Vimeu et d'Aumale, y laissèrent les leurs [1].

De la Roque, en son *Histoire du ban et de l'arrière-ban*, donne le rôle du bailliage de Caux, convoqué par Philippe le Bel en 1303. On y remarque le seigneur de Bully, « dominus de Bully, » qui serait, d'après M. Fourcin, Pierre de Melleville.

Après ce dernier seigneur, la châtellenie de Bully appartint, ainsi que nous l'avons dit, à Jean de Louvel [2]. Comment l'avait-il acquise? Était-ce par achat ou mariage? Nous ne pouvons le dire. Ses rejetons la conservèrent un siècle environ. Le Jean de Louvel ci-dessus est le personnage que nous avons déjà rencontré dans la quittance de Pierre de Melleville. Il paya le droit de *tiers et dangier*, dont il était redevable envers le fisc pour le bois appelé le Quesnoy de Bully. Henri

1. *Recueil statistique et historique sur la commune de Bully,* par M. Fourcin. Manuscrit in-folio, déposé aux Archives départementales de la Seine-Inférieure.

2. *Les Cloches du pays de Bray,* par M. Dieudonné Dergny, 1865, in-8°, p. 416-417 du tome II.

de Louvel et Regnault de Louvel furent seigneurs de Bully, le premier en 1333, comme on le verra dans des chartes relatives à Thomas de Bully[1], et le second en 1412, époque à laquelle le roi d'Angleterre, maître de la Normandie, s'empara des biens d'Adam et Jean de Louvel, fils de Regnault[2], comme absents et rebelles, c'est-à-dire pour cause de fidélité à l'infortuné Charles VI. Des lettres de la *Collection Bréquigny* ne laissent aucun doute à cet égard. Les terres saisies furent données à Jean Basset, dont le patriotisme était assorti à son nom[3].

Jean d'Estrimont, seigneur de Bully, fit hommage envers le roi pour ce fief, le 16 novembre 1414, et déclara le tenir directement de lui. Il est question dans cet acte de vassalité du *chief moys*. Or le *moys* était une éminence de terre sur laquelle le château ou chief avait été construit. S'il ne dénombra que pour la partie principale, il est évident qu'il n'avait pas le tout. Les de Bully primitifs, qui tenaient des lots dans le haut domaine en 1333, devaient les posséder encore en 1414. Jean d'Estrimont[4] fut tué à la bataille d'Azin-

1. *Recueil statistique et historique sur la commune de Bully*, par M. Fourcin, p. 292. — Thomas de Bully était de la famille primitive de ce nom.

2. Il dénombra, devant les commissaires du roi, pour le fief de Watierville, en l'année 1412.

3. *Recueil statistique et historique sur la commune de Bully*, par M. Fourcin, p. 292.

4. Jean, dit d'Estrimont, avait pour nom patronymique Bellon.

court, laissant deux filles, Jeanne et Jeannette, sous la tutelle de leur mère. Aussi trouvons-nous la veuve Jeanne, dame de Bully, maîtresse de cette seigneurie dans la première moitié du xve siècle, comme il appert d'une charte du temps où elle est citée à propos des *francs usages de la forêt d'Eavy :* « Madame Jehane d'Es- « trimont, dame de Bully, est accoustumée prendre en « la dite forêt le bois vert et gisant et le sec en estant « sans caable. *Item,* bois pour édifier en son manoir « de Bully et aussi son moulin du dit lieu. *Item,* la « branche et le tiers fourc pour ardoir, etc.[1] »

Jeanne, fille aînée de Jean d'Estrimont et de la dame de Bully qui était, selon toute apparence, issue et héritière des Louvel, épousa Robert Filleul, et lui apporta en dot la terre de Bully.

En 1419, toute la Normandie était passée sous le joug de l'Angleterre. Robert Filleul, qui était seigneur de Bully, et Jeanne d'Estrimont, sa femme, furent mandés devant le bailly de Caux et le vicomte de Neufchâtel pour reconnaître le nouvel état des choses.

Le registre des concessions accordées au duché par Henri V porte à la suite de la convocation des deux époux ces deux mots : « Laisser jouir. » Robert Filleul ne put supporter longtemps la tyrannie étran-

1. *Coutumier des forêts de Normandie;* Archives départementales de la Seine-Inférieure.

gère; aussi ne tarda-t-il pas à se ranger sous la bannière de la France, ce qui appert d'un livre de comptes daté du 27 juillet 1432. Il fut puni de sa patriotique défection, comme l'avaient été jadis les de Bully pour attachement à leur duc, par la saisie du domaine de Bully, qui fut donné à Pierre Bailly, receveur général de Normandie. Les calamités, conséquence d'une longue guerre, avaient si terriblement désolé le pays, que les champs étaient délaissés par les tenanciers et quelquefois même les seigneuries par leurs seigneurs. La misère publique était si grande, que le trésor anglais ne put percevoir une rente de six livres due par l'abbaye de Foucarmont et hypothéquée sur le moulin de Bully, tombé en ruine[1].

Jeanne Filleul, qui avait pour auteurs Robert Filleul et Jeanne d'Estrimont, s'allia, en 1460, à Pierre de l'Estendart, sire de Hanches; elle portait aussi le surnom ou diminutif de Fillote ou Filloque. Elle est ainsi désignée dans une enquête ouverte au sujet de la mort de Marguerite d'Écosse, dauphine de France, épouse de Louis XI. Cette princesse, on le sait, fut si malheureuse, qu'elle s'écria sur son lit d'agonie : *Fi de la vie, qu'on ne m'en parle plus!* Elle succomba, d'après quelques historiens, au désespoir d'avoir été calomniée par

1. *Recueil statistique et historique sur la commune de Bully*, par M. Fourcin. Exemplaire de l'auteur, p. 134 et 135.

Jamet Tillet. Celui-ci prétendait l'avoir surprise assise sur un lit, en compagnie de Jeanne Filleul, sa dame d'honneur, causant familièrement avec Jean d'Estouteville, seigneur de Blainville. La chambre, à ce moment-là, n'était éclairée que par la flamme de l'âtre. Jeanne Filleul partageait le goût de sa maîtresse pour la poésie et cultivait comme elle de préférence la ballade et le rondeau. La dame de Bully excellait dans ce dernier genre, comme on peut le voir par le morceau que voici :

Hélas! mon ami, sur mon âme,
Plus qu'autre femme
Ay douleur si largement,
Que nullement
Avoir confort je ne puis d'âme.

J'ai surtout tant de deuil en ma pensée,
Que trespassée
Est ma liesse de pieiza;
A l'heure où vous m'eûtes laissée
Seule égarée,
Tout mon plaisir se trespassa,
Dont malheureuse je me clame
Par Nostre Dame,
D'estre voustre si longuement;
Car clèrement
Je congnois que trop fort vous aime
Hélas! mon amy, sur mon âme.

Guillelmine Filleul est inscrite, en 1456, sur les comptes de la reine Marie d'Anjou, comme étant sa femme de chambre et à ce titre pensionnée de 50 livres.

D'après le *Dictionnaire de la noblesse* par La Chesnaye Desbois et celui des *Gaules* par d'Expilly, Pierre de l'Estendart[1], chevalier, seigneur de Hanches, mort en 1460, le serait devenu de la châtellenie de Bully par son mariage avec Jeanne Filleul, dotée de ce fief.

Ces deux auteurs commettent évidemment une erreur chronologique en assignant au mariage de Pierre de l'Estendart avec Jeanne Filleul l'année 1460. L'époux, en effet, rendit hommage au roi le 24 février 1454, pour les terres de Bully et du Quesnoy, comme procureur fondé de sa femme Jeanne Filleul, seigneuresse de ces deux places[2]. La date de cette alliance est donc antérieure à 1454, mais elle est postérieure à 1449, car, le 8 décembre de cette dernière année, Robert Filleul fit acte de vasselage au nom de sa fille mineure[3]. Or, si elle eût été mariée, ce n'est point

1. Sur le compte de Jean Mercier, trésorier des guerres du roi, ouvert le premier jour d'avril 1368 et fermé le 1er mai 1369, Jean de l'Estendart est cité parmi les combattants. Il reparaît parmi les chevaliers bannerets qui formaient la garde de de Bureau, chambellan du roi, le 10 mai 1375. (*Coll. de Camps, vol. LXXXIV, fol. 109 et 229, verso; Bibl. de Richelieu, Cabinet des titres.*)

2. *Recueil statistique et historique sur la commune de Bully,* par M. Fourcin, page 679.

3. *Ut supra,* page 670.

le père, mais l'époux qui l'aurait représentée selon l'usage.

Les de l'Estendart auraient, au dire de leur généalogiste, Jean de Rondaroy, une origine qui se perd dans les brumes de la féodalité naissante. Ils descendraient d'un comte de Montfort, vivant à la fin du xe siècle sous Hugues Capet[1].

M. Duranville, répété par l'abbé Decorde et plusieurs historiographes de la noblesse, rapporte que les de l'Estendart s'appelaient primitivement Baynes. L'addition du nom de l'Estendart se rattacherait à un exploit glorieux accompli en 1266. Lorsque Charles d'Anjou livra bataille à Mainfroy dans la plaine de Bénévent, la bannière de France fut confiée au bras valeureux de Guillaume de Baynes. Le drapeau fut héroïquement préservé. De cet acte serait dérivé le surnom de l'Estendart, qui serait devenu à la longue celui de la famille.

Le 20 mars 1580, furent célébrées les noces de Louis Touchet, seigneur de Beneauville[2], avec Marie de l'Estendart, fille de Louis, qualifié baron de Bully, et de Louise d'Humières[3]. La future reçut une constitution

1. *Généalogie de la maison de l'Estendart, dressée par Jean de la Taille, sieur de Rondaroy, en 1588.*

2. Il avait pour auteurs noble Louis Touchet et Isabeau d'Osmont.

3. Jean de l'Estendart, chevalier et baron d'Ouilly et de Bully, et Marie de la Haïe-Hotot, sa femme, procréèrent Guy de l'Estendart, seigneur et

dotale de trois mille cinq cents livres et des accoutrements assortis à sa condition. L'antiquité de la famille de l'époux est constatée dans le contrat passé à Neufchâtel-en-Bray devant les tabellions Pierre Lescuyer et Pierre Langlois. On remarque parmi les témoins à la cérémonie nuptiale nobles Thomas le Sec, seigneur de Lacressonnière et de Gents, Anne du Sart, seigneur de Thury, Jean de Vieuxpont, baron du lieu de son nom et seigneur d'Aussonville, Antoine de Rune, seigneur de Fontaines, et Georges du Sart, seigneur d'Ouilli, parents des deux parties[1].

Le 16 août 1599 et le 11 décembre 1602, Anne de l'Estendart, seigneur de Bully, reconnut que ce fief était sous la mouvance du roi à raison de la vicomté

baron de Bully. Celui-ci s'allia le 30 janvier 1540 à Marie Poiret, qui le rendit père de Louis et de René de l'Estendart. Ce dernier, seigneur de Saint-Martin et de Roncherolles, fonda la branche de Quenouville. Son aîné, Louis de l'Estendart, écuyer, seigneur de Bully, contracta d'abord union avec Louise d'Humières et ensuite avec Marguerite Le Roux, dame d'Angerville, fille de Guillaume Le Roux, seigneur d'Ouville-la-Rivière, et de Nicole de Vieuxpont. Du premier lit sortirent : 1° Marie de l'Estendart, femme de Louis Touchet, seigneur de Beneauville; leur fils Louis Touchet épousa, en 1638, Rachel de Vassy, veuve de François de la Dangie, écuyer, seigneur de Renchy et d'Agy; 2° Marguerite de l'Estendart, mariée à Adrien du Bois, seigneur de Belhotel, et remariée à Jean de la Motte, seigneur de Boisguérard. (*Armorial général*, par d'Hozier, in-4°, registre premier, p. 370-371, édition de 1821. — *Histoire générale des Maisons nobles de la province de Normandie*, par le sieur de la Roque, généalogie de Touchet, t. II, p. 148-150.)

1. *Histoire générale des Maisons nobles de la province de Normandie*, par le sieur de la Roque, t. II, p. 87-90.

de Neufchâtel. Il s'allia le 18 février 1602 à Catherine de Créquy[1] qui lui donna quatre enfants[2].

Le châtelain de Bully fut le bienfaiteur des Réformés du Tiers-Ordre qui vinrent s'établir l'an 1614 à Neufchâtel dans la maison des Pénitents. On trouve une série de seigneurs de Bully, gouverneurs de la susdite ville. M. L. de Duranville cite, entre autres, Jean-Louis de Baynes de l'Estendart, marquis de Bully, dont l'éloge funèbre fut prononcé le 6 septembre 1694 à Notre-Dame de Neufchâtel. L'orateur avait choisi pour sujet, dit l'abbé Decorde, ces trois mots latins : *Vexilla regis prodeunt ; voici les étendarts du roi !* A la fin de sa péroraison, désignant du doigt le fils du mort aux gentilshommes qui entouraient le cercueil, il répéta sa citation, frisant le calembour, et l'accompagna de

1. Elle avait pour auteurs messire Claude de Créqui, chevalier, seigneur de Hémont, et Anne de Bourbon-Ligny, ce qui apparentait Anne de l'Estendart avec la maison de France.

2. Voici leurs noms :

— I. Jean de l'Estendart, seigneur de Bully ;

— II. Charles l'Estendart, seigneur de Saint-Martin, d'Angerville, de Sores, de Chalandri, épousa, le 20 septembre 1640, Claude de Pipemont, née de Philippe de Pipemont, écuyer, seigneur de Couvron, et d'Anne de Vieuxpont. Ce fut en sa faveur que le roi, par lettres patentes en forme de charte, éleva, au mois d'avril 1655, la terre d'Angerville au rang de baronnie;

— III. Anne de l'Estendart, reçu chevalier de Malte dans le grand prieuré de France, le 7 juin 1629, après vérification de ses quartiers de noblesse;

— IV. Marguerite de l'Estendart qui fut conjointe à Nicolas du Caurel, écuyer, seigneur de Taigny. (*Armorial de France,* par d'Hozier, 1821, in-4°, registre premier, p. 370-381.)

cette traduction trop libre : « Voici un autre de l'Estendart qui se présente à vous, de la part du roi, pour être votre nouveau gouverneur. »

Anne de l'Estendart, baron de Bully, succéda à François Martel, sergent de Neufchâtel, en 1620 [1].

Le 1er septembre 1634, dans le village de Frenesville, à l'heure de la réunion des échevins, éclata entre divers gentilshommes et plusieurs roturiers une collision sanglante qui se termina par le meurtre du sieur Damonville, apprenti maréchal. Les coupables, qui étaient Jacques de l'Estoile, écuyer, sieur de Frenesville, son fils Antoine, son neveu André et Jean du Hamel, sieur de Coquetz, furent recommandés à l'indulgence du parlement par le duc de Longueville et le baron de Bully [2].

La terre de Bully fut élevée au rang de marquisat en faveur de Jean-Louis de l'Estendart et de sa descendance mâle et femelle en ligne directe et collatérale au mois d'octobre 1677. Les lettres patentes d'érection furent registrées au parlement de Normandie et en la chambre des comptes le 20 mai 1688 [3]. Dans son *His-*

1. *Histoire de la ville de Neufchâtel par un religieux de l'ordre de Citeaux,* écrite en 1753. Manuscrit in-fol., page 93; Bibl. de Neufchâtel-en-Bray.

2. *Histoire du privilége de Saint-Romain,* par A. Floquet, t. II, p. 467 et 468.

3. *Dictionnaire géographique, historique et politique des Gaules et de la France,* par l'abbé d'Expilly, t. Ier, p. 872. — *Tableau généalogique*

toire des cloches du pays de Bray, pages 416-417, M. Dieudonné Dergny parle de la refonte de celles de Bully en 1684 et 1700. Sur un compte de la fabrique de Bully, portant la première de ces deux dates, figure une somme de 46 livres, payée au fondeur en présence de Mme de Bully, qui était vraisemblablement de la maison de l'Estendart.

Le roi, en 1683, avait réuni au marquisat de Bully le fief de Bos-Rohard-le-Hardi [1].

De Jean-Louis de l'Estendart, marquis de Bully, et de Chrétienne Tardieu de Maleyssie vint le suivant : Jean-Louis de l'Estendart, IIe du nom, marquis de Bully. Il débuta dans le métier des armes en 1691 comme cornette dans la compagnie de chevau-légers de Berry, d'où il passa, en 1699, avec la qualité de sous-lieutenant, dans les gendarmes de Berry au même régiment. Sa Majesté le nomma maréchal de camp au mois d'avril 1704 et lui accorda peu de temps après le gouvernement de Menin [2] et la croix de Saint-Louis. C'est

de la noblesse, par M. le comte de Waroquier de Combles, Ve partie, p. 169-170.

1. *Recherches historiques, archéologiques et biographiques sur le Bray Normand et le Bray Picard*, par N.-R.-P. de la Mairie, t. Ier, p. 347.

2. Le *Journal du marquis de Dangeau*, t. X, p. 13, nous apprend que le marquis de Bully avait acquis le gouvernement de Menin de Mme de Pracomtal pour la somme de 142,000 livres. Jean-Louis de l'Estendart avait été réduit à quitter le service actif par suite de ses blessures qui l'avaient rendu invalide; il avait cédé sa sous-lieutenance à son beau-fils le marquis de Meinières, enseigne dans le même corps.

sous son commandement que cette forteresse, au bout de dix-huit jours de tranchées ouvertes, tomba aux mains des Anglais et des Hollandais le 22 août 1706.

La responsabilité de la reddition de cette place ne doit pas incomber tout entière à son gouverneur, puisqu'elle avait pour défenseurs militaires Caraman, et sous ses ordres le baron Sparre, maréchal de camp, et un capitaine suisse du nom de Besenval. Il y avait en outre une garnison composée de douze bataillons dont les principaux étaient ceux de Gondrin, de Saint-Sulpice, d'Isenghien, etc. [1].

Jean-Louis de l'Estendart s'était marié une première fois en 1698 à Marguerite de Montfort [2], veuve d'Henri Alexandre de Fautereau, marquis de Meinières. Le marquis de Bully avait convolé en secondes noces, en 1737, avec Marie-Geneviève-Gabrielle-Nicole de Grouches, fille de Nicolas-Antoine de Grouches, marquis de Chepy, maréchal des camps et armées du roi, inspecteur de cavalerie et époux de Geneviève Becquin. Jean-Louis de Bully s'éteignit à Paris, le 17 mars 1740. *Le Mercure de France* (mois d'avril 1740, pages 811 et 812), a consacré dans ses tablettes nécrologiques une page à sa mémoire.

1. *Journal du marquis de Dangeau*, t. XI, p. 163.

2. Celle-ci était fille de Dominique de Montfort, seigneur de Sainte-Foix, marquis de Tourny, maître des requêtes ordinaires de l'hôtel du roi, précédemment conseiller au parlement de Normandie, et de N. Bertaut.

Jean-Louis de Bully fut enseveli le 7 mars 1740 et ne laissa pas de postérité. La seigneurie titrée de Bully incomba à sa sœur Thérèse-Suzanne de l'Estendart[1], veuve de Charles, marquis de Roncherolles, dont le fils Thomas-Sibille fut privé d'héritier mâle. Sa fille unique, Anne-Marguerite-Thérèse de Roncherolles, recueillit à son tour le marquisat de Bully et le porta le 21 janvier 1744 à son mari René-Nicolas-Charles-Augustin de Maupeou, alors président du parlement de Paris et plus tard chancelier et garde des sceaux de France[2]. Son fils René-Ange-Augustin de Maupeou, marquis de Bully, président à mortier du parlement de Paris le 28 août 1764, s'allia en 1769 à Anne-Justine Feydeau de Brou, qui avait pour père Antoine-Paul-Joseph Feydeau, marquis de Brou, maître des requêtes, et pour mère Justine-Josèphe Boucot[3].

Un des derniers hoirs de la race de l'Estendart fit

1. Elle tint sur les fonts baptismaux, le 15 février 1702, avec Michel de Roncherolles, marquis de Pont-Saint-Pierre, premier haut baron de Normandie, François-Jean-Jacques-Michel de Rieux, fils de François de Rieux, conseiller au parlement de Rouen, et de dame Marie-Jeanne-Louise Huet. Thérèse-Suzanne de Bully est qualifiée sur les registres ecclésiastiques « haute dame et veuve de messire Charles, marquis de Roncherolles, gouverneur de Landrecies, lieutenant-général des armées du roi. »

2. *Dictionnaire de la noblesse,* par La Chesnaye-Desbois, 2e édition, t. VI, p. 161-162. — *Tableau généalogique de la noblesse,* par M. le comte de Waroquier de Combles, Ve partie, p. 169-170.

3. *Dictionnaire de la noblesse,* par La Chesnaye-Desbois, 3e édition, t. XIII, p. 478-479.

démolir l'ancien château féodal et transporter ses matériaux à une certaine distance sur la colline de Martincamp, du haut de laquelle l'œil domine plusieurs horizons et découvre un splendide panorama. Le chancelier Maupeou avait donc succédé aux l'Estendart dans la propriété de Bully [1]; ses fils ou petits-fils aliénèrent ce beau domaine le 22 floréal an XII. Le château moderne subit le sort de l'ancien et fut détruit. Son emplacement et le domaine qui en dépendait furent acquis par Mme veuve Denise, qui l'avait encore il y a peu de temps [2].

Nous allons revenir un peu en arrière pour rappeler un litige dans lequel Guillaume de Bully, descendant des anciens feudataires de ce nom, qui jouèrent un si grand rôle dans la conquête de l'Angleterre, et les de l'Estendart se trouvèrent en présence. Noël de Bully eut, vers 1674, de Hélène Huot [3], Guillaume de Bully qui ne laissa point de progéniture. Dans une liquidation successorale, survenue en 1705 à la mort de dame Rainée, veuve de Bernard de Réclame, baron de Longepierre,

1. Bully est réputé pour la fabrication de ses fromages à la crème, dits de Neufchâtel. D'après d'Expilly, la petite ville de Bully était comprise dans le diocèse de Bayeux, ressort du parlement de Rouen. Elle dépendait de l'élection et de la sergenterie de Neufchâtel. On y comptait 3 feux privilégiés et 290 qui étaient taillables.

2. Tous les détails qui précèdent ont été empruntés à la *Description de l'Histoire de Neufchâtel,* par Guilmeth, p. 26-27.

3. Elle était fille de Barthélemy Huot, contrôleur des guerres, lieutenant du bailliage de Ruelle, et de Mathurine Chevallier.

intervint Guillaume de Bully en qualité de seul héritier maternel dans la ligne des Huot, à laquelle appartenait la défunte[1]. Dans le même acte comparaît à titre de créancier Jean-Louis de l'Estendart, marquis de Bully.

Les deux parties portaient le nom de Bully, l'une comme dénomination familiale depuis les temps les plus reculés, l'autre comme titre de date récente. Guillaume de Bully représentait la vieille souche de ce nom sans le fief, perdu au milieu des vicissitudes du moyen âge; les de l'Estendart au contraire possédaient le fief de Bully comme dignité glébée, mais non comme appellatif patronymique. La vieille race spoliée se trouva donc en présence de celle qui avait légitimement acquis le patrimoine.

Le débat contradictoire porta uniquement sur la question d'intérêt et ne se compliqua d'aucune contestation au sujet du nom et du titre entre les deux adversaires, ce qui prouve que Guillaume de Bully et Jean-Louis de l'Estendart étaient pleinement dans leurs droits. Le 23 août 1723, le litige n'était pas encore tout à fait terminé; les pièces judiciaires constatent le décès, sans enfants, de Guillaume de Bully[2], ce qui est confirmé par un acte du 15 avril 1728

1. Actes judiciaires, Archives de France.

2. *Ibidem.*

passé devant Damien Dupont, notaire [1]. Ce document est accompagné d'une généalogie de la famille Huot, remontant à Barthélemy Huot et à Mathurine Chevallier, sa femme.

Après le coup d'œil rétrospectif et nécessaire que nous venons de jeter sur les seigneurs de Bully, possesseurs de cette terre depuis 1219, quoique non issus de l'estoc de ce nom, nous allons esquisser rapidement l'histoire dudit lieu.

Le bourg de Bully [2] est distant d'une lieue et quart environ de la ville de Neufchâtel. Son nom, d'après D. T. Duplessis, dériverait du celtique *bulle*, qui signifie

1. Anciennes minutes de Damien Dupont, étude de Me Faiseau-Lavanne, notaire à Paris, rue Vivienne, 55.

2. Il existe en France plusieurs lieux de ce nom, comme on peut le voir par les extraits suivants du *Dictionnaire des Gaules*, par d'Expilly.

« Bully, en Lyonnois. On y compte 144 feux. Cette paroisse est à un bon quart de lieu de la Bresle et à quatre lieues O.-N.-O. de Lyon.

« Bully, en Forest, diocèse et intendance de Lyon, parlement de Paris, élection de Roanne. Cette paroisse est à deux lieues S.-O. de Roanne.

« Bully-Berclau, en Artois, diocèse d'Arras, parlement de Paris, intendance de Lille, bailliage de Lens. On y compte 117 feux.

« Bully-en-Gohele, en Artois, diocèse d'Arras, parlement de Paris, intendance de Lille, bailliage de Lens. On y compte 30 feux. »

On a pu remarquer, page 6, qu'en Calvados un bourg portait aussi le nom de Bully.

Au moyen âge, lorsque le cadet d'une maison allait se fixer hors ou loin du château natal, il donnait souvent le nom du fief qui avait été son berceau à l'une des terres de sa nouvelle résidence, pour perpétuer le souvenir de son origine. C'est ce qui advint, selon toute plausibilité, pour une branche de nos de Bully, qui durent quitter le pays de Bray par suite

marécage planté d'arbrisseaux[1]. Je donne cette étymologie telle qu'elle est sans me porter garant de son exactitude. En 1209, Philippe-Auguste, en exécution de l'article 5 du traité passé, le 5 décembre 1195, avec Richard Cœur de lion, roi d'Angleterre et duc de Normandie, réunit la forteresse de Neufmarché à la couronne et donna en compensation aux sires de la Londe, qui en étaient possesseurs, le grand fief de Tourville-la-Campagne. Le souverain français se dessaisit également du comté d'Eu en faveur d'Elide, femme de Raoul d'Issoudun, et ne réserva pour lui que Neufmarché et la châtellenie de Bully [2].

Saint Louis, accompagné d'Odon ou Eudes de Rigault, archevêque de Rouen, se dirigeant sur Mortemer, traversa Bully en 1257. L'itinéraire qu'il suivit est tracé dans le *Registrum visitationum* du susdit prélat, où il est question également de l'église paroissiale de Bully à la date de 1260. Elle était alors dédiée à saint Éloi.

de quelque alliance ou de confiscation et s'établir dans la Basse-Normandie, où ils appliquèrent à une de leurs seigneuries leur appellatif à la fois terrien et patronymique. L'antériorité de Roger de Bully et de plusieurs autres personnages de la race qui nous occupe démontre en outre que les de Bully en Bray sont les aînés de tous les autres.

1. Le nom de BULLY pourrait encore avoir même origine que *Bouillon* et *Bullion*, qui semblent venir, d'après M. Jeantin (*Histore de l'ancien comté de Chiny*), de *Bullionum*, lieu où les eaux écument ou bouillonnent.

2. *Mémoires de la Société des Antiquaires de Normandie*, t. XVI, p. 170. — *Essai sur le canton de Gournay*, par l'abbé Decorde, p. 339.

Gilles de Maizières, recteur de Bully, avait acheté avant 1274 la maison curiale de ce lieu à un nommé Robert, dit Sérée. Une charte de l'année susdite nous apprend que Pierre de Melleville, seigneur de Bully, dégreva de toute servitude la résidence de Gilles Maizières, à la condition que celui-ci fournirait annuellement un chapeau de roses le jour de la fête de saint Éloi. En 1291, Guillaume Fortin acquit l'immeuble en question et obtint les mêmes franchises. Les chartes relatives à ces deux faits ont été reproduites *in extenso* par M. Fourcin dans son *Recueil statistique et historique sur la commune de Bully*, pages 284 et 575.

Les arrière-fiefs mouvants de la grande seigneurie de Bully au moyen âge étaient ceux d'Hélie de Bonnefille, de Sorens, de Martincamp, de Collard Letailleur, de Thomas Bully (1333), d'Inerville, de Merval, d'Yiel, de Canchy, de la Chaussée, d'Aulage, de Saint-Martin l'Hortier, de Rohard le Hardi[1].

En 1334, le prieur de la maison de Dieu de Neufchâ-

1. *Recueil statistique et historique sur la commune de Bully*, par M. Fourcin. Manuscrit in-fol. Archives départementales de la Seine-Inférieure.

Jeanne de Bray, dame d'Inerville, et Jean de Saenne, avaient le droit de s'approvisionner de branches et celui de faire paître tous leurs bestiaux, à l'exception des chèvres, dans la forêt d'Eavy, à cause des manoirs de Bully et de Bray. Le fief d'Inerville qui, au commencement du XVe siècle, était la propriété du seigneur de Mesnière, fut transporté, du chef de sa femme, au seigneur de Bully, qui était un de Filleul.

tel inféoda à Guillaume du Moulin une pièce de terre, sise à Bully, confrontant aux terres du seigneur de ce lieu.

Dès 1400, il est question dans les annales de Normandie d'un pèlerinage que faisaient les habitants de Bully dans la paroisse de Saint-Saëns, où la statue du bienheureux de ce nom était l'objet d'un culte particulier.

Jean Amiaune fut, au mois de février 1419, pourvu par Henri V, roi d'Angleterre, de la sergenterie de Bully en la forêt d'Eavy.

Deux foires annuelles et un marché le mercredi furent créés en 1490 par Charles VIII, désireux de récompenser le concours vaillant de Jean de l'Estendart dans l'œuvre de délivrance nationale. Le titre de la charte démontre que la concession fut faite en faveur de ce dernier : *Institutio nundinarum apud locum Bully pro Johan Lestendart* [1].

En 1499, on trouve l'église Saint-Éloi sous le patronage des chanoines de l'hôpital royal de Neufchâtel. Ce droit leur fut disputé par les abbés de Sainte-Geneviève de Paris, qui revendiquaient la mouvance de la paroisse de Bully et dénonçaient la prééminence du chapitre de Neufchâtel comme une usurpation.

1. *Trésor des Chartes,* Reg. CCXXI, pièce 215, Archives de France.

Richard le Blond, gentilhomme, fut, en 1533, garrotté pour cause d'hérésie et traîné dans les prisons du château de Neufchâtel par trois habitants de Bully. Le promoteur de l'archevêché de Rouen fit compter au doyen de Neufchâtel la somme de huit livres, montant des frais de cette arrestation [1].

Durant les guerres de religion, l'église de Bully fut livrée aux flammes; elle ne tarda pas à renaître de ses cendres et fut remplacée par une construction style renaissance [2].

Ce serait dévier un peu trop de l'histoire de la maison de Bully (notre but principal) que de traiter à fond celle du village de ce nom. C'est pour ce motif que nous négligeons de rapporter les événements accomplis autour et dans Bully après la bataille de Folleville, livrée à Henri IV par Alexandre Farnèse, duc de Parme, et le duc de Guise, en 1592. On trouvera le récit de ce combat et les péripéties de la campagne dans les *Mémoires de Sully*. C'est à cette époque qu'une troupe de maraudeurs, appartenant à l'armée des huguenots, vint assaillir le village de Bully. Les habitants se pré-

1. *Recueil statistique et historique sur la commune de Bully*, par M. Fourcin. Manuscrit communiqué par l'auteur, page 524.

2. Ce temple n'était pas le seul rendez-vous des fidèles; il existait d'autres chapelles : celles de la Sainte-Vierge, bâtie en 1689, de Saint-Jean-Baptiste, élevée dans le manoir seigneurial en 1738, et de Sainte-Marguerite, sise au bourg de Martincamp, dont les revenus appartenaient aux prieurs de Saint-Martin-sous-Bellencombre.

cipitèrent sur eux à leur tour et, après les avoir mis en déroute, firent plusieurs prisonniers.

En 1593, Henri IV autorisa par lettres patentes Gilles Laigret à construire un atelier de verrerie à Martincamp. Ce droit préjudiciant au droit de Esme Levaillant, qui avait une fabrique dans la forêt d'Eavy, fut aboli par divers arrêts du parlement de Normandie rendus en l'an 1598.

Mme de Maupeou, influente à la cour, obtint à la fin du dernier siècle que le marquisat de Bully fût détaché de la mouvance de la vicomté de Neufchâtel et réuni au duché de Normandie [1].

Bully et trois autres villages des environs de Neufchâtel ont été l'objet de la malignité populaire résumée dans ce dicton :

> Bully, Sigy, Le Fossé et Saint-Saire,
> Sont les quatre piliers d'enfer.

Dans le but d'empêcher une autre confusion possible entre les de Bully Normands ou Picards, dont nous allons redresser la filiation, et les de Bully de l'est de la France, nous allons dire un mot de ces derniers.

Les de Bully de Bourgogne paraissent avoir eu pour berceau le village de Dombes en Beaujolais, d'où ils

1. *Recueil statistique et historique sur la commune de Bully*, par M. Fourcin, page 617.

passèrent dans le Lyonnais au XVe siècle. Ils étaient seigneurs de Marzé dans le premier pays et de Morancé dans le second. Ils portaient d'après l'ARMORIAL DU LYONNAIS : *Écartelé au 1 et 4 d'or, à une fasce ondée d'azur, surmontée d'un annelet de même; au 2 et 3 fascé d'hermines et de sable, qui était de Marzé*[1].

Nous n'avons pu découvrir entre les de Bully de Normandie et ceux du Lyonnais aucune communauté originelle. Tout ce que nous savons sur la dernière de ces deux familles, c'est qu'elle était de vieil estoc comme celle qui nous occupe. Nous allons le démontrer par quelques faits.

Étienne de Pérédo, garde du sceau des contrats royaux dans le bailliage de Mâcon, et Jacob Sabin, docteur ès lois, sacristain de Saint-Just et official de Lyon, font savoir à tous présents et à venir que JACQUES DE BULLY, moine de l'abbaye de Savigny, avait transporté à Denis d'Aglaud, en l'an 1366, tous ses droits effectifs sur les biens d'ÉTIENNE DE BULLY, chevalier, et sur ceux de sa veuve PRINCIA DE FABRY; celle-ci, présente à la cession, la ratifia de sa signature. Dans ce même acte il fut également procédé entre les parties au règlement d'une dette de 100 florins[2].

1. *Armorial historique de Bresse, Bugey, Dombes, pays de Gex, etc.*, par Révérend du Mesnil, 1872, in-fol., p. 134.

2. Titres originaux; Bibl. de Richelieu, Cabinet des titres. Parchemin en mauvais état.

ÉTIENNE DE BULLY reçut plusieurs reconnaissances en l'année 1605, fit une vente à Jacquemot Barral, changeur de Lyon, et acquit les moulins de Bully vers la même époque.

CLAUDINE DE BULLY, fut mariée en 15.. à JACQUES ROSSET, seigneur de Marzé [1], elle portait : *D'or, à la fasce ondée d'azur, au tourteau de même en chef, chargé d'une étoile d'or* [2].

MADELEINE ROSSET DE BULLY, fille de Claude Rosset, dit de Bully, et de Claudine des Gouttes de la Salle, était seigneuresse de Marzé et veuve de Jacques de la Combe. Elle convola en secondes noces, le 6 février 1596, avec PHILIPPE DE NANTON, fils de Pierre, officier d'écurie du duc d'Alençon. Ces derniers pactes furent passés devant maître François Carret, notaire de Rogneins, en Beaujolais. Madeleine était fille de Claude Rosset, dit de Bully, et de Claudine des Gouttes de la Salle[3].

1. Il était aussi seigneur de Le Châtel, de Babilly, des Marets, d'Albens.

2. Le Laboureur, *Les mazures de l'abbaye royale de l'Isle Barbe-lez-Lyon,* ou recueil historique de ce qui s'est fait de plus mémorable en cette église depuis sa fondation jusqu'à présent. Paris, Jean Couterot, 1681, tome I, page 522.

3. *Ut supra.*

FILIATION.

I.

JEAN DE BULLY est désigné dans un acte, portant la date de 1263 et vraisemblablement postérieur à sa mort, comme père de Jean et de Pierre de Bully, bienfaiteurs de l'abbaye de Saint-Pierre de Fontenay, qui relevait de celle de Bayeux. La charte qui nous révèle ce fait de paternité a été résumée dans un catalogue de *Cartulaires* normands publié par la Société des Antiquaires de Normandie[1]. Jean de Bully, qui devait vivre vers 1225, eut donc deux fils, savoir :

1° JEAN DE BULLY ;

2° PIERRE, qui va poursuivre la descendance.

II.

PIERRE DE BULLY, ayant négligé de servir régulièrement certaines rentes au couvent de Foucarmont, détermina par ce retard un procès qui se dénoua par

1. *Mémoires de la Société des Antiquaires de Normandie*, t. VIII, p. 382, n° 209.

un arrangement en 1281[1]. Il eut d'une union inconnue :

1° ENGUERRAND DE BULLY, seigneur de Hamel en 1296[2] ;

2° SIMON, qui guerroyait pour le roi en 1301[3];

3° ROBERT, qui va reparaître au prochain degré et qui recueillit une portion du fief patrimonial de Bully, tandis que ses frères aînés eurent leur lot en Basse-Normandie ;

4° NICOLAS DE BULLY, combattant dans l'armée de Flandres en 1301. Étant à Arras, il toucha sa solde militaire dont il délivra la quittance ci-après scellée de son sceau :

« Je Nicolas de Bully, de la baillie de Caen, fais « assavoir a tuis que j'ai recheu, de mestre Guillaume, « chantre de Milli, et de Gieffroy Cocatris, dix-sept li- « vres et demie pour nostre sire le roy sur les gaiges « de l'ost de Flandres. En tesmoing de ce ay scelé chest « présentes lettres de nostre scel. Donné à Arras, l'an de

1. *Cartulaire de l'abbaye de Foucarmont*, fol. 71. — *Trésor généalogique*, par D. Villevieille, t. XXI, fol. 115 ; Bibl. de Richelieu, Cabinet des titres.

2. Bibl. de Richelieu, Cabinet des titres; dossier de Bully.

Hamel d'Englesgueville est un village du diocèse de Bayeux, qui ressortissait autrefois au parlement de Rouen et relevait de l'intendance de Caen.

3. *Recueil des historiens des Gaules et de la France*, tome XXII, page 507. — Voir aux *Pièces justificatives*, DOCUMENT XXV.

« grace mil CCC et II, le dimanche avant la Sainte-« Croix en septembre[1]. »

COLIN ou COLAS de BULLY, qualifié écuyer, qui faisait également partie de l'ost de Flandres, me paraît être le même personnage que Nicolas dont Colas est un diminutif. Il reconnut avoir reçu sa paie en 1302, le dimanche qui précéda la fête de saint Michel.

« Sachent tuit que je *Colin de Buli*, escuyer de la « baillie de Chaen, ai eu et receu par moy quatre-vingt « deniers tornois, sur les gaiges de l'ost de Flandres, du « chantre de Milli et de Gefroy Cocatriz. En tesmoingt « de ce ai scelé ces lestres de nostre seel, l'an de grace « mil trois cens et deux. Donné le dimanche avant la « Saint-Michel[2]. »

III.

ROBERT DE BULLY, écuyer, était l'an 1301 en différend avec les moines du Plessis-Grimoult[3] au sujet du

1. *Titres scellés*, vol. XXIII, BR, BU, fol. 1585. Bibl. de Richelieu, Cabinet des titres, Mss.

2. *Ut suprà.*

3. Le prieuré de Plessis-Grimoult, compris dans la baronnie de ce nom, appartenait à l'ordre de Saint-Augustin, sous le titre de Saint-Étienne, martyr. Il dépendait du diocèse de Bayeux. Les premières assises de ce monastère furent posées par Bon Conteville, frère utérin de Guillaume le Conquérant. On doit néanmoins considérer comme le véritable fondateur un des descendants de celui-ci, Richard de Douvre, qui, en 1130, aumôna audit couvent l'église du lieu avec les terres environnantes.

droit de nomination au bénéfice de l'église Saint-Martin de Bully[1]. La querelle se termina par une transaction, mais elle ne tarda pas à se rallumer, ainsi qu'il appert d'une lettre du bailli de Caen, adressée l'an ci-dessus à l'évêque de Bayeux. Le grand justicier de Normandie mandait au prélat que Robert de Bully, assigné aux assises de Torigny, ayant fait défaut, le patronage lai de la prébende était acquis et maintenu définitivement aux religieux du Plessis. Robert de Bully, en 1305, poursuivait encore son opposition à la sentence qui l'avait condamné[2].

Ses enfants furent :

1° Thomas de Bully, qui resta sur la part du fief héréditaire des siens, comprise dans la châtellenie de Bully et comprenant l'église de Saint-Martin[3], dont la protection fut attribuée à son frère Richard;

2° Richard de Bully eut à soutenir, en 1339, une lutte judiciaire avec Jean Barratte, vicaire du chanoine de Feuguerolles, qui lui avait enlevé son droit de su-

1. Roger et André de Bully, fils de Roger de Bully, chevalier, avaient déjà transporté à une date indéterminée aux chanoines réguliers du Plessis-Grimoult tous leurs droits sur l'église Saint-Martin de Bully, qu'ils tenaient de leurs aïeux. (*Mémoires de la Société des Antiquaires de Normandie*, tome II, page 131, n° 1109 *bis*.)

2. Saint-Martin-sous-Bellencombre était un prieuré situé sur l'ancienne paroisse de Bully.

3. *Mémoires de la Société des Antiquaires de Normandie*, tome VIII, 2e partie. Prieuré du Plessis-Grimoult, nos 1110, 1111, 1112, 1113, 1114.

prématie sur la chapelle de Saint-Martin (dont son auteur Robert était le patron) pour le transporter au prieuré du Plessis-Grimoult[1].

IV.

THOMAS DE BULLY apparaît le 16 février 1333, dans un acte que nous allons analyser pour essayer de jeter encore quelque lumière sur la situation sociale des siens et de lui-même ainsi que sur la distinction existant entre ces descendants des anciens Bully et les possesseurs nouveaux de leur apanage perdu, c'est-à-dire les de Melleville et les de Louvel.

Vers 1270, on l'a vu plus haut, la terre de Bully était passée de la maison de Melleville aux de Louvel, qui la gardèrent jusqu'en 1412. Henri Louvel était seigneur de Bully l'an 1333, époque à laquelle il figure dans un acte en compagnie de Thomas de Bully, continuateur, bien plus par le sang que par la glèbe, de la race chevaleresque qui avait donné, au XIe siècle, Roger de Bully, baron de Blyth, en Angleterre, et au XIIe Geoffroy de Bully, grand bailli de Cotentin. Thomas de Bully, qu'il ne faut donc pas confondre avec les déten-

1. *Mémoires de la Société des Antiquaires de Normandie*, tome VIII, 2e partie de la collection in-8°, page 131.

teurs de l'ancien patrimoine de sa famille, c'est-à-dire avec les de Melleville et les de Louvel, vendit à Jean, fils de Philippe de Valois, duc de Normandie, le 16 février 1333, une rente de 24 sols au prix de 12 livres tournois. Cette rente était assise sur un terroir appartenant à Guillaume Legay.

En vertu du même contrat[1], Thomas de Bully était affranchi d'un droit de « tiers et de dengiers » qui

1. Voici sa teneur textuelle :

« A tous cheus qui ches lettres verront et oiront, Jehan Dumoustier, « clerc tabellion et garde du scel des obligations de la vicomté de Nœfchas- « tel, salut.

« Sachent tous que par devant Pierres Baul, clerc commis et establi por « nous ès dites lettres, passer, si comme il nous a tesmoigné que, par son « serement auquel nous adjouton foy, fu présent *Thomas de Bully*, de la « paroisse de Bully, qui recognut, de sa bonne volenté sans nul contraigne- « ment, qu'il avoit baillé, quittié et délessé, à fin de héritage, à toujours mes « pour luy et pour ses hoirs au duc monssegneur et à ses hoirs, pour douze « livres tournois, lesquelz sont tournés et convertis envers le duc monsse- « gneur en acquittant le dit Thomas, à cause du tiers et dengier d'une vente, « qu'il tenoit de monssieur Henry Louvel, chevalier ès montz de Bully, de « laquelle somme d'argent le dit Thomas se tint pour bien païé par devant « ledit tabellion; chest assavoir vint quatre soulz tournois de rente à « prendre et à rechevoir, chascun an, sus une masure avec les édifices, assis « en la paroisse de Bully, que tient Guillaume Legay, moitié à la Saint- « Michel et moitié à la Toussaint, et joint la dite masure d'un costé à la « masure Guillaume Ferée, et de l'autre costé à la masure du dit Thomas et « aboute des deux aux quemins du roi.

« Laquelle rente dessusdite le dit Thomas, pour luy et pour ses hoirs, au « duc monssegneur et à ses hoirs vers tous et contre tous promist garantir « et deffendre et de tous obligations, empeschesment, délivrer et despecher « quels qu'ils soient ou puissent estre et fère la dite rente bonne et bien « solvable en temps à venir as dits termes bon an mal an. Et fut présent le dit

frappait une certaine étendue de bois couvrant les monts de Bully et acquise d'Henri de Louvel, seigneur de Bully.

Les rejetons de Roger de Bully, au début du XIVe siècle, quoique déshérités depuis longtemps du fief qui avait été leur berceau, ne l'avaient donc pas tous abandonné. Une branche était restée attachée à un coin du sol originel. Elle y vivait côte à côte avec les enfants de

« Guillaume Legay, que la dite masure tient, qui promist et s'oblija à rendre « et à païer la dite rente d'ore en avant en la manière qu'il la rendoit au dit « Thomas. Et fut présente *Humaine,* femme du dit Thomas, qui jura sur « saints Évangiles, de sa bonne volenté et de l'otorité du dit son mari que « présent y estoit, que jamès en la dite rente pour réson de héritage, de « douaire, de mariage encombré, de conquest de partie de promesse de don « ne de nocches ne pour nulle autre réson quelle quelle soit ou puist estre, « riens d'ore en avant ne demander, à demander ne réclamer ne fera par « luy ne par aultre, en court laie ne en court de chrestienneté. Et quand « à che tenir, garder, garantir et intérigner de point en point, en la manière « que dit est, les dessus dit Thomas et sa femme et le dit Guillaume ont « obligé eux et leurs hoirs leurs corps à mettre et tenir en prison, se euls « défalloient des choses dessus dites, tenir et entérigner. Et si ont obligé « touz leurs biens et les biens hoirs, moebles et non moebles, présens et à « venir, à vendre et à despendre par la main de la justice, dans quelle « juridiction eulz seront trouvés, pour bailler au porteur de ches lettres « jusqu'à la quantité de la dite rente et des caus et domages que le por-« teur de ches lettres diroit que l'on avoit eus et soustenus, pour la dite « rente, fère tenir et intérigner, dont le porteur de ches lettres seroit cru « par son serment sans autre preuve fère ne autre procuration porter devant « justice.

« Et nous, en tesmoing de cheu, avons mis en ches lettres le scel des obli-« gations de la vicomté de Nefchatel, qui furent faites l'an de grace mil trois « chens trente et trois, le samedi avant le jour des Brandons. » (*Archives de France, Fr. 215, n° 10.*)

ceux qui avaient spolié jadis les vrais sires de Bully. Les étrangers, par conséquent, n'avaient point entièrement envahi l'héritage, car quelques lambeaux en avaient été sauvegardés par les descendants directs des de Bully primitifs. Le peu qu'ils avaient retenu suffisait pour rappeler leur point de départ aux maîtres nouveaux de leur seigneurie et empêcher que les de Melleville et les de Louvel ne pussent, en s'assimilant le nom terrien de Bully, s'identifier avec ceux qui le portaient à titre patronymique.

Thomas de Bully avait aliéné la petite redevance féodale dont il vient d'être question avec l'assentiment de sa femme HUMAINE, qui renonça à toute réclamation ultérieure et à tout privilége dotal. Les époux s'engagèrent en outre solennellement envers le duc de Normandie à se laisser mettre en prison si leur obligation n'était pas rigoureusement tenue.

Le 2 août de cette même année 1333, Thomas de Bully conclut un nouveau marché avec ledit prince, à des conditions analogues[1]. Il avait sauvé du désastre général de sa famille, non-seulement les censives dont il a été question, mais en outre un arrière-fief dans la juridiction de Bully. Ce fait de possession d'une enclave féodale est constaté dans le *Coustumier de Normandie*. Il résulte d'un article de ce recueil que le *fieu* de Tho-

1. Voir DOCUMENT XXVI.

mas Bully était exempt des charges ordinaires dues à la couronne par les autres habitants. Cette décharge exceptionnelle inspire à M. Fourcin cette réflexion : « C'était sans doute un privilége qui leur avait été ac- « cordé[1] par nos rois pour quelques services rendus « dans les guerres du XIVe siècle. »

Cette franchise, selon nous, était la continuation des prérogatives dont jouissaient les aïeux de Thomas de Bully avant que le haut domaine ne fût sorti de leur lignée.

Il est possible encore que la portion territoriale de Thomas de Bully fût la coseigneurie pour un tiers, un quart ou un cinquième du grand fief, et qu'à ce titre la partie eût le même degré de nobilité que le tout.

La glèbe conservait quelquefois à travers les âges le nom de ses anciens possesseurs. Un homme appelé Godard avait, au XIe siècle, des ténements forestiers à Bully, dont la dîme fut acquise par le monastère de la Sainte-Trinité-du-Mont-les-Rouen. Or la désignation de Bois-Godard persista pendant plusieurs siècles. Il en fut de même pour le fief de Thomas Bully, dont la dénomination se perpétua longtemps après la dépossession de la famille, ainsi qu'il appert des quittances inscrites dans les registres de l'ordinaire de Neufchâtel.

1. Il s'agit, bien entendu, des ascendants de Thomas de Bully.

Louis de l'Estendart, écuyer, seigneur de Bully, versa dans la recette de Neufchâtel, pour les années 1579 et 1580, 24 sols tournois d'une part et 18 de l'autre. Cette double somme provenait de rentes levées sur ses domaines par Thomas de Bully, au profit de monseigneur le duc de Normandie, conformément au contrat de 1333. Louis de l'Estendart, en 1580, les servait encore au roi comme représentant, dit le registre en question, les droits de Thomas de Bully.

Anne de l'Estendart, dans un dénombrement fait en 1602, déclara que les fiefs de Collas et de Colette de Bully avaient été incorporés à la seigneurie de haubert de Bully, et que « les hommes et réséants du dit fief de « Colette sont exempts de rentes dues par ses autres « vassaux, pour leurs usages forestiers, quoiqu'ils aient « semblables droitures, franchises et coustumes[1]. » Ces priviléges sont analogues à ceux spécifiés dans le *Coustumier de Normandie* en faveur de Thomas de Bully, et prouvent que les de Bully, malgré leur déchéance relative, avaient conservé des terres nobles dans la juridiction féodale de Bully en la personne de Collette et de Collas de Bully, dont nous reparlerons ailleurs[2].

1. *Recueil statistique et historique sur la commune de Bully,* par M. Fourcin, p. 277.

2. Les de Louvel, en 1620, quoique ayant perdu depuis longtemps le château et la terre de Bully, avaient, de même que les de Bully au xve siècle, conservé une partie de leur ancien héritage, ce qui résulte d'un article de

Thomas de Bully et Humaine, sa femme, procréèrent le suivant :

V.

GUILLAUME DE BULLY, que l'on rencontre, avec la charge de chevalier banneret, dans la seconde moitié du XIVe siècle. Le sire de Blainville, maréchal de France, commandait, le 12 septembre 1369, une compagnie de 300 hommes d'armes, destinée à opérer en Normandie contre les Anglais. Au nombre des chevaliers bannerets qui escortaient le sire de Blainville, on remarque Guillaume de Calleville, chevalier, avec deux écuyers, Henri, sire de Tienville, suivi d'un chevalier et de sept écuyers, Tercelet de Sainte-Beuve, ayant sous lui quatre écuyers, enfin Guillaume de Bully[1] avec un chevalier et deux écuyers.

Dans un rôle intitulé *la Monstre de M. Henri de Cou-*

l'*Ordinaire de Neufchâtel* (Recette des termes de Saint-Michel en 1620) : « De la rente que doit Jean Louvel, héritier de messire Adam Louvel, dit « Bournous, chevalier, à cause du *tiers et dengier* du Quesnoy de Bully, à « ce dit jour et terme de Saint-Michel pour moitié la somme de cinq sous « tournois, pour cecy en recepte, suivant qu'il est plus amplement contenu « et déclaré sur les dits comptes précédents de la dite somme de cinq sous. » Ainsi les de Bully et de Louvel tour à tour étaient devenus des vassaux dans un lieu où ils avaient été seigneurs dominants.

1. *Collection de Camps,* vol. LXXXIV, fol. 121, Bibl. de Richelieu, Cabinet des titres.

lombier, reçue le 1er septembre 1373 et placée sous la charge de Guillaume Fayel[1], capitaine au pays de Basse-Normandie, défilent six chevaliers, parmi lesquels Guillaume de Bully[2].

Guillaume eut pour successeur :

VI.

THOMAS DE BULLY (*de Bruilly*), qui paraît avoir reçu le prénom de son grand-père; il est qualifié « chevalier » dans deux actes souscrits, le premier, le dernier juillet de l'an 1392, en faveur d'Arnoul Boucher, trésorier des guerres (Voir *Appendice*, DOCUMENT XXVII) ; le second, en 1415, au profit de maître Héron pourvu du même office (Voir *Appendice*, DOCUMENT XXVIII). Il porte le même titre dans une revue passée le 10 novembre 1385 :

« La Monstre de messire Thomas de Bruilly[3], che-

1. *Collection de Camps*, vol. LXXXIV, fol. 121; Bibl. de Richelien, Cabinet des titres.

2. Guillaume de Bully avait pour contemporain et peut-être pour frère Simon de Bully, que le roi de France, en 1368, donna à celui d'Angleterre comme otage de la ville de Compiègne. Voir plus haut, page 33.

3. *Brully* ou *Bruilly* est, nous l'avons déjà dit, le même nom que *Bully*, qui se prononçait diversement selon l'influence dialectique des patois. Tout le monde connaît l'orthographe variable et variée des substantifs propres au moyen âge. La suppression ou l'addition d'un *r* est sans impor-

« valier, et de sept escuiers de sa compagnie, receue « le xe jour de novembre, à Karrenten[1], l'an mil ccc, IIII[xx] « cinq,

« Et premièrement le dit seigneur de Bully, cheva- « lier.

« ESCUIERS.

« Jehan de Cantilly[2], etc. »

Ces services militaires et ceux qui suivent sont rappelés dans une maintenue de noblesse rendue le 22 mai 1667 en faveur de Jacques de Bully, seigneur de Destramé et de Guerramé, qui sera rapportée plus loin et qui est conservée aux Archives de l'ancienne Cour des Aides de Normandie. Il y est dit au sujet des

tance au point de vue philologique et généalogique : elle ne préjudicie en rien à l'identité des familles ou des individus. Roger de Bully, compagnon d'armes de Guillaume le Conquérant et baron de Blyth, s'appelait de son temps le sire de Brully. M. de Maseville le constate en son *Histoire de Normandie*. De 1278 à 1282, Raoul de Bruilly (*de Brulleio*) était bailli de Caux. (Voir la *Nomenclature des chevaliers et capitaines du château d'Arques.*) Guillaume de Melleville lui-même, dans les *Titres scellés* (où l'on voit ses armes et son nom de Melleville), est trois fois de suite appelé *Guillaume de Brully, de Bruellie* ou *de Bruilly ;* Pierre de Melleville est au contraire qualifié *Pierre de Bully,* ce qui prouve que les deux formes étaient indifféremment employées. On ne trouve d'ailleurs en Normandie aucun lieu et aucune famille du nom de Bruilly ou Brully.

1. Carentan, une des places principales du Cotentin au moyen âge, est aujourd'hui un chef-lieu de canton de la Manche.

2. *Titres scellés,* vol. XXIII, BR, BU, fol. 1629, verso, Bibl. de Richelieu, Cabinet des titres, Mss.

ancêtres de Jacques de Bully, produisant, que « son « père, ayeul, bisayeul, quatrayeul estant nobles, « avoient toujours servi au ban et arrière-ban. »

Chose digne encore de remarque : dans le vol. XXIII des sceaux, lettres BR et BU, les de Bully et les de Melleville, dont les quittances originales sur parchemin se trouvent mêlées, sont tous orthographiés *Brully* avec un *r;* mais on les distingue par leurs armes différentes et aussi par les légendes circulaires des sceaux.

Thomas de Bully fut marié à ISABEAU DE FAVENCOURT, sœur de Pierre de Favencourt, que le roi d'Angleterre, Henri V, confirma, en 1420, dans ses domaines et revenus[1].

Thomas de Bully et Françoise de Favencourt laissèrent, entre autres enfants :

1° GAUTHIER DE BULLY, qui était, en 1455, dans les troupes placées sous la conduite de M. de Beuil, grand amiral. Il fut présent à la montre faite le 17 avril de la dite année, après la fête de Pâques[2];

2° CHARLES DE BULLY, qui va revenir;

1. *Coll. Bréquigny,* vol. XLVIII, Normandie VIII, Moreau 672, p. 57.

Thomas de Bully reparaît, avec la qualité de chevalier bachelier, dans une autre montre reçue à Rouen le 14 septembre 1415. Il avait sous lui quinze écuyers et dans ce nombre Jehan de Gain, Jehan d'Ocquetot, Guillaume Huart, Robert de Bury, Guillaume Corbellon. (*Titres scellés,* vol. XXIII, BR, BU.)

2. *Collection Gaignières, Monstres du 10 octobre 1453 au 13 mars 1460.* Fonds français, n° 21,496.

3° Jean de Bully, qui trempa dans la révolte de Louis XI, en 1456. C'est lui peut-être dont le crime de lèse-majesté fut puni de la peine du bannissement, et dont il est question dans ces lignes de l'*Ordinaire de Neufchâtel*, où il est dit que ses biens furent réunis à la couronne pour défaut de postérité :

« De la forfaiture de Jean de Bully, banny par juge-« ment, dont il soulloit être rendu par Guillaume « Leprêtre, pour moitié la somme de cinq sous tour-« nois, néant. Si d'autant que les dits héritages, qui « sont sujects et affectés au paiement des dites « rentes, sont demeurés en la main du roy faute d'hoirs « et tenans propriétaires, et qu'il en sera répondu « ci-après, au chapitre de loage, conformément aux « comptes précédents, néant[1]. »

En même temps que Jean de Bully, vivait :

Colas ou Colard de Bully, dont le nom est rappelé dans l'*Ordinaire de Neufchâtel*, à propos de la recette de Pâques pour 1579. Il est inscrit comme ayant autrefois possédé, de même que Collette de Bully, présumée sa tante ou sa sœur, une terre dans la juridiction de Bully. On voit encore, dans le même livre terrien, que diverses rentes annuelles furent servies par un Thomas de Bully, au nom dudit Colas ou

1. *Recueil statistique et historique sur la commune de Bully*, par M. Fourcin, preuves, p. 87.

Colard de Bully [1], qui était vraisemblablement son père. (Voir *Appendice*, DOCUMENT XXIX.)

VII.

CHARLES DE BULLY, cité dans le manuscrit [2] de Hugues, religieux du Mont-Saint-Michel, parmi les gentilshommes qui, en 1449 [3], défendirent cette forteresse sous Charles VII. D'après le chroniqueur susnommé, ces seigneurs avaient conservé, par leur vaillance, la seule citadelle normande qui restât au roi de France. C'est pour honorer leur mémoire que leurs noms furent gravés sur une des murailles intérieures de l'église Saint-Michel et précédés de cette inscription :

« Suivent les noms et armes des gentilshommes, « lesquels, avec le sieur d'Estouteville, capitaine de ce « Mont-Saint-Michel, gardèrent la dite place contre la « puissance des Anglois qui, pour lors, occupoient

1. Il semble avoir été postérieur de deux générations au Thomas qui incarne ce degré et de quatre ou cinq au Thomas de Bully de 1333.

2. Ce manuscrit faisait partie de l'ancien Fonds Saint-Germain-des-Prés sous le n° 1424 ; il figure dans le nouveau sous la cote 924.

3. Table des 44 volumes manuscrits sur vélin, composant la Collection des Montres de Gaignières, par Léchaudé d'Anisay ; Fonds français, n° 14,551 ; Bibl. de Richelieu, Cabinet des titres.

« toute la Normandie, ormi ce lieu, durant le règne de « Charles VII [1]. »

Jaloux de reconnaître ce brillant fait d'armes, Charles VII accorda à quelques-uns des féaux chevaliers qui avaient préservé le Mont-Saint-Michel, le droit d'introduire une fleur de lis dans leurs armes. Celle qui figure dans l'écu des de Bully doit, selon toute plausibilité, remonter à ce souvenir héroïque.

Charles de Bully fut père du ci-dessous.

VIII.

JEAN DE BULLY, écuyer, présenta Jean Le Gendre, archer, pour le remplacer dans le service militaire. Cette substitution est consignée dans un extrait des

1. Charles avait pour contemporain et sans doute pour parent :

BÉNOIT DE BULLY, qui figure dans les compagnies commandées par le sire de Jaloignes, maréchal de France, et cantonnées dans le Limousin, où elles furent passées en revue le 12 mars 1447. Sa paye d'homme d'armes lui fut comptée à cette dernière date ; en voici la preuve :

« S'ensuivent les noms d'aucuns des hommes d'armes et archiers estant « de la charge de monsieur de Jaloignes, maréchal de France, soubs Robinet « d'Auterville, lesquels sont ordonnés vivre et logiez en baut pais de Limo« sin, et auxquels par ordonnance du roi ont été avancés leurs paiements « du mois de mars 1447 eux estans au siége, tenu devant le Mansle, au « prix de quinze livres par homme d'armes et de sept livres dix sols par « archier par moys. » Dans le rôle qui accompagne cet intitulé comparaît ledit Béuoit de Bully. » (*Coll. Gaignières, Monstres,* vol. 21,495, Bibl. de Richelieu, Cabinet des titres.)

Monstres des vicomtés d'Alençon, Argentan, Saint-Sylvain, Bernai, Domfront, passées à Séez, le 14 mars 1477, par messire Jean Blosset, chevalier, seigneur de Saint-Pierre, conseiller et chambellan du roi, grand sénéchal de Normandie et capitaine général des nobles de cette province[1]. Cette copie, en due forme, fut collationnée par Perrin et Chevalier, tabellions royaux. Un factum, se rapportant à un procès engagé l'an 1482 devant le bailli de Caux, nous apprend que Jean de Bully et JACQUETTE DE SANDOUVILLE, sa femme, avaient eu quatre enfants : Nauldin, Guillaume, Robert et Jean. Les trois derniers désignèrent Nauldin, leur aîné, comme procureur fondé dans le litige en question[2].

Nous savons, par le même document judiciaire, que Jacquette de Sandouville était fille de Gieffin de Sandouville, petite-fille de Jean de Sandouville, chevalier, époux de Nicolle du Boscage, et héritière de Richard du Boscage, son oncle ou son aïeul. Ces énonciations sont très-précieuses pour l'ordre filiatif, puisqu'elles justifient deux degrés. En résumé, Jean de Bully et Jacquette de Sandouville eurent la progéniture ci-dessous :

1° NAULDIN DE BULLY, mandataire de ses frères en

1. Archives domestiques de M. Victor de Bully.
2. *Ibidem.*

1482, dans un différend avec Guillaume le Mercier, écuyer [1].

2° Guillaume de Bully, « défaillant et sa terre « en main, » est mentionné dans une expédition analogue à la précédente, comme ayant assisté, le 20 septembre 1491, à la revue des « nobles et noblement « tenants du duché d'Alençon, comté du Perche, » faite par Le Brun d'Aché, commissaire du roi [2]; il fut vraisemblablement le grand-père et le parrain d'autre Guillaume de Bully, marié à Marguerite de Vadurel, laquelle donna le jour à un enfant baptisé le 1er juin 1595.

3° Robert de Bully [3], auteur de la branche des seigneurs de Feugeray qui sera traitée à part page 102.

4° Jean [4], qui va continuer la descendance.

IX.

JEAN DE BULLY, écuyer, remit en 1482 [5], à son frère Nauldin, les pouvoirs nécessaires pour conduire l'instance pendante devant le bailli de Caux. Il signa, le

1. Archives domestiques de M. Victor de Bully.
2. *Ibidem.*
3. *Ibidem.*
4. *Ibidem.*
5. Deux années plus tard, c'est-à-dire en 1484, nous trouvons un Raoul de Bully, chevalier, seigneur dudit lieu, conseiller et chambellan du roi de

18 août 1507, un acte confirmatif des coutumes de Maintenay, grande seigneurie possédée par le duc de Longueville, comte de Dunois. Cette terre relevait de la couronne à cause du château de Monstrœul[1]. D'une alliance ignorée naquit :

ANTOINE DE BULLY qui suit.

France, dans les mains duquel Jean Lallemant, receveur général des finances au duché de Normandie, versa 240 livres tournois. Raoul de Bully donna quittance de cette pension, qui lui était due pour service militaire :

« Nous RAOUL DE BULLY, chevalier, seigneur dudit lieu, conseiller et « chambellan du roy, nostre seigneur, confessons avoir eu et receu de Jehan « Lallemant, conseiller du roy, nostre dit sire, et receveur général de ses « finances ès pays et duché de Normandie, la somme de deux cent quarante « livres tournois, qui nous a été ordonnée par ledit sieur par manière de « pension pour nostre entretenement en son service durant ceste présente « année, commencée le premier jour de février passé ; de laquelle somme de « deux cent quarante livres nous tenons pour contens et bien paiés et en « avons quicté et quictons ledit receveur général susdit et tous autres. En « tesmoing de ce avons signé ces présentes de nostre main et scellées du « scel de nos armes, le XVIIIe jour de mars l'an 1484.

« BULLY. »

(*Titres scellés, vol. XXIII, BR, BU, fol. 1631, Cabinet des titres, Mss.*)

Ce Raoul appartenait-il à la race des Bully primitifs ou à celle des l'Estendart, seigneurs de Bully? Les de l'Estendart à cette époque ne portaient point isolément l'appellatif terrien, aucun d'eux, d'ailleurs, ayant le prénom de Raoul ne nous est connu. On sait en outre qu'en 1484 et 1485, une portion de Bully, notamment Martincamp, appartenait à Jean Basset, chevalier, seigneur de Normanville, lieutenant du château de Rouen en l'absence de messire Louis de Brézé. Puisque Raoul de Bully ne peut être ni un de l'Estendart ni un Basset, il n'est pas téméraire de conclure qu'il descendait de Thomas de Bully, vivant en 1333, et dont il avait sans doute augmenté l'héritage.

1. *Coutumes locales du bailliage d'Amiens*, rédigées en 1507, publiées par M. A. Bouthors, tome II, p. 6, article *Maintenon.*

X.

ANTOINE DE BULLY et sa femme MARIE DU ROY [1] sont dénommés dans une sentence du 15 juillet 1516, dans un acte de 1517, un contrat du 24 septembre 1550 [2], et enfin dans une maintenue de noblesse du 18 juillet 1656 en faveur de Jacques de Bully, écuyer, sieur de Guéramé, de Destramé et autres places. Ces documents nous font connaître la postérité ci-après d'Antoine et de Marie du Roy :

1° JEAN DE BULLY [3], qui va personnifier le degré suivant.

2° RENÉ DE BULLY, dont la destinée est demeurée tout à fait mystérieuse.

3° PIERRE, qui figure, en l'année 1551, dans une transaction au sujet d'un moulin avec ses deux frères et qui conclut avec son aîné seul un arrangement le 10 février 1560 [4].

1. Du Roy (Normandie) : *D'argent, à trois aigles au vol abaissé de gueules.*

2. Inventaire des titres de la Maison de Bully, vieux cahier manuscrit. Archives de M. Victor de Bully.

3. Maintenue de noblesse du 18 juillet 1656 conservée aux archives de la Cour des Aides de Normandie. Expédition authentiquée par le greffe du tribunal civil de Rouen et enregistrée le 9 novembre 1855.

4. Inventaire des titres de la Maison de Bully, *ut supra.*

XI.

JEAN DE BULLY, le 12 décembre 1536, procéda, de concert avec sa mère, au partage de la succession paternelle [1]. D'après le jugement de la Cour des Aides de Rouen qui ordonna l'inscription de Jacques, son petit-fils, sur la liste des véritables gentilshommes, Jean de Bully s'était marié à FRANÇOISE BLANCHET [2]. Il n'était plus en 1571, car à cette époque des tuteurs furent donnés à ses deux enfants que voici :

1° JACQUES DE BULLY [3].

1. Inventaire des titres de la Maison de Bully.

2. Maintenue de noblesse du 18 juillet 1656, conservée aux archives de la Cour des Aides de Normandie. Expédition authentiquée par le greffe du tribunal civil de Rouen et enregistrée le 9 novembre 1855.

Il est présumable que Françoise Blanchet ne fut que sa seconde femme et qu'il avait eu pour première ISABEAU de Driqueville, de laquelle vint une fille unique, *Catherine* de Bully. Cette Catherine épousa, le 6 octobre 1563, d'après La Chesnaye-Desbois, et le 6 octobre 1550, d'après des actes de la famille de Bully, *Robert de Bailleul*, écuyer, seigneur d'Angerville et de Blangues. D'un autre côté, on voit que les enfants de Jean de Bully et de Françoise Blanchet étaient mineurs de leur père en 1571. De ce fait on peut conclure sans trop de témérité que Catherine était issue du premier lit, et Jacques et Pierre du second. Robert de Bailleul fit acte de foi et d'hommage envers le roi, le 15 juin 1568, à raison des fiefs de Donjon et de Villemesnil. Sa mort advint en 1601 et celle de sa femme en avril 1608 (*Dictionnaire de la noblesse*, par La Chesnaye-Desbois, tome Ier, pages 651 et 652. — Waroquier, tome II, page 170. — Archives de M. Victor de Bully.)

3. Inventaire des titres de la Maison de Bully, *ut supra*.

2° Pierre, dont l'existence nous est révélée par une transaction passée le 14 septembre 1605 avec Robert Gautier, écuyer[1]. Il est présumé père : — I. de *Denis de Bully*, époux de *Marguerite de Bosquillon* avant 1608; — II. de *Jacques de Bully*, marié à *Perrine de Bosquillon* en 1612; — III. de *Charles de Bully*, qui s'allia à *Françoise de Lesne*. Denis de Bully fit baptiser *Antoine*, son fils aîné, le 10 janvier 1608, *Guillaume* et *Jean*, ses deux cadets, l'un, le 10 février 1616, et l'autre le 22 avril 1627. Il eut aussi une fille nommée *Jeanne*, qui fut portée à l'église le 27 novembre 1612. Du mariage de Jacques de Bully et de Perrine de Bosquillon dérivèrent : *Charles*, né le 13 février 1612 ; *Antoine*, le 20 avril 1618, autre *Antoine* le 22 janvier 1626; enfin *Catherine*, venue au monde le 19 février 1615.

XII.

JACQUES DE BULLY, dans un arrêt de l'échiquier d'Alençon, rendu en 1578, est qualifié « écuyer et seigneur de Guéramé[2]. »

1. Inventaire des titres de la Maison de Bully; nous relevons, dans ce document, un achat fait par messire Hugues de Bully à Jean Artaud, prêtre, avant 1605.

2. Inventaire des titres de la Maison de Bully, vieux cahier manuscrit, Archives de M. Victor de Bully.

Il épousa ANNE LE HAYER[1], de laquelle vinrent :

1° Jacques de Bully[2], point de départ des seigneurs de Guéramé;

2° Pierre de Bully, qui dut avoir pour parrain son oncle Pierre, et qui va incarner le prochain degré;

3° Anne de Bully, qui régla avec son frère aîné, héritier presque en totalité du patrimoine, plusieurs questions d'intérêt domestique (1658). Elle s'était alliée à N. Henry, procureur de la Cour des Aides de Paris, et portait : *D'azur, à une fasce d'argent, chargée de trois merlettes de sable*[3].

XIII.

Pierre de Bully naquit à Airaines en 1607 ; laissé dans le veuvage par Catherine de Fourdrinier, il convola en secondes noces avec Noële de Metz[4], et décéda le 24 novembre 1679, ayant eu du premier lit :

1. Maintenue de noblesse en faveur de Jacques de Bully, conservée aux archives de la Cour des Aides de Normandie. Expédition authentiquée par le greffe du tribunal civil de Rouen et enregistrée le 9 novembre 1855.
Hayer ou Le Hayer (Normandie) : *De sable, à trois lances d'argent.*

2. Maintenue de noblesse en faveur de Jacques de Bully.

3. *Grand Armorial de France*, par d'Hozier, Paris, tome II, fol. 1181; Cabinet des titres, Bibl. de Richelieu.

4. Archives domestiques de M. Victor de Bully; actes en due forme. — Noële de Metz était cousine germaine de Nicolas de Metz, surintendant général des postes de France.

1° François de Bully, conjoint en 1674 à Marie Gallet, sortie des seigneurs de Neuilly, près d'Abbeville [1];

2° Claude de Bully, marié à Catherine de Beauvais [2], dont un fils du prénom de *Pierre*, né le 6 septembre 1673;

3° Pierre de Bully, baptisé le 17 août 1649 [3]. Nous le reprendrons tout à l'heure;

4° Nicolas de Bully, qui épousa Antoinette Allart [4];

5° Henri de Bully [5];

6° Anne de Bully, dont les pactes matrimoniaux avec Charles de Lignières ou Linières [6] portent la date du 6 janvier 1655.

1. Archives domestiques de M. Victor de Bully.

2. *Ibidem.* — De Beauvais (Normandie) : *D'azur, à trois fasces d'or.*

3. Archives domestiques de M. Victor de Bully.

4. *Ibidem.* — Allart (Normandie) : *D'azur, à trois étoiles d'argent, au croissant de même.*

Les Allard ou Alard, d'origine picarde, étaient de vieil estoc. En 1499, Pierre Allard, chanoine et chantre de la cathédrale de Manicamp, passa un bail emphytéotique avec Jean Clégniet, habitant de la Jonquières, dans la susdite paroisse, au sujet d'une maison, sous la condition d'un surcens de 20 sols tournois. Divers actes analogues, dans lesquels ledit Pierre Allard est contractant, sont rapportés dans l'*Inventaire des Archives départementales de l'Oise,* dressé par M. Rendu, série G, page 209, sous la date de 1476 et postérieurement.

5. Archives domestiques de M. Victor de Bully.

6. *Ibidem.* — De Linières : *D'argent, à la croix ancrée de gueules.*

Le prévôt de Clermont, en 1411, adjugea à Eustache de Maricourt, chevalier, seigneur de Vendeuil, des fiefs sis à Quévremont, moyennant une somme de soixante francs d'or; ces terres appartenaient à Jean de Lignières

De Noële de Metz, deuxième femme de Pierre de Bully, était issu le suivant :

1° MARTIN DE BULLY. Sa présence aux funérailles de Pierre de Bully est constatée dans les registres ecclésiastiques d'Airaines, qui déclarent Martin frère d'Henri de Bully. Il mourut à Métigny le 19 novembre 1727, laissant un fils portant comme lui le prénom de Martin, et dont on trouve l'inscription de naissance à Métigny sous la date du 22 septembre 1710. Martin II eut pour fils *Henri-Charles de Bully*, né à Paris le 26 juin 1754, et pour petit-fils *Alfred-François de Bully*, baptisé également à Paris le 20 mars 1799 [1];

2° MICHELLE DE BULLY, qui eut pour parrain Nicolas de Beauvais et pour marraine Michelle Jourdain d'Esturins le 16 mars 1668. Elle mourut en bas âge, le 2 septembre 1675 [2].

A la même famille, sans qu'on puisse lui assigner un rang fixe dans l'échelle filiative, appartenait :

CÉCILE DE BULLY, veuve de Gilles Bigot, écuyer, secrétaire du roi, représentée par Alexandre Barbey, procureur, poursuivait une instance contre Jacques Vailly, seigneur de Borniselle, comme il appert d'une

ou Linières. (*Inventaire sommaire des Archives départementales de l'Oise,* par M. Rendu, série G, page 209.)

1. Archives domestiques de M. Victor de Bully; extraits en due forme des anciens registres ecclésiastiques d'Airaines et de Paris.

2. *Ibidem.*

sentence du Châtelet de Paris, à la date des 12 et 25 mai 1691.

Les de Bigot [1] de Normandie portaient : *D'argent, au chevron de sable, accompagné de trois roses de gueules* [2].

1. Les Bigot se sont surtout distingués dans la robe. Le 28 mai 1558, Étienne Bigot fut élu secrétaire de Madame Marguerite de France, sœur du roi, en remplacement de feu Étienne de Rostengny. Il n'était plus le 28 mars 1567, car à cette date on pourvut à son siége vacant par la nomination de Louis Potier.

Le 14 janvier de l'année 1588, Nicolas Bigot fut investi de la charge de secrétaire du roi, dans laquelle il eut pour successeur, le 30 octobre 1597, Barthélemy Cénamy. Le 23 mars 1600, Nicolas Bigot fut appelé à reprendre ses anciennes fonctions, qu'il transmit à son fils le 2 août 1606. Ce dernier les transporta le 7 octobre 1650 à Jacques Bigot qui les céda à son tour à son frère Claude le 21 mai 1655. Le 15 juin, même année, Gilles Bigot avait été reçu conseiller secrétaire du roi. Jean-François et Charles Bigot le furent aussi, le premier le 16 mai et le second le 13 juillet 1657. Jean-François se qualifiait : chevalier, seigneur de Saint-Quentin gouverneur de la ville d'Auxonne et comte de Plassac. Il se démit de ses fonctions en 1671.

Un sieur Bigot, appelé N. de la Boissière, était en 1754 procureur au parlement de Paris. Pierre Hubert de Bigot, écuyer, apparaît, le 20 mars 1767, dans un acte se rapportant à la chapelle de Cueilly. Bigot de Préameneu était avocat au parlement de Paris en 1779. On trouve un autre Bigot des Jonchères, secrétaire du roi en 1787, résidant à Paris rue des Bourdonnais, hôtel d'Ons-en-Bray. (*Histoire chronologique de la grande Chancellerie de France,* par Tessereau, 1676, in-fol., pages 121, 138, 237, 247, 264, 430, 450, 459, 601. — *Actes judiciaires,* Archives nationales. — *Almanach royal de 1770.* — Archives domestiques de M. Victor de Bully. — *Almanach royal de 1790.*)

2. Alias : *De sable, à trois têtes de léopards d'or, 2 et 1.*

XIV.

PIERRE DE BULLY naquit le 17 août 1649[1]; il fut conjoint à LOUISE DE SURVILLE[2]; leur progéniture fut nombreuse, comme on va le voir :

1° CHARLES DE BULLY, né le 2 février 1675;

2° ANTOINE, qui fut baptisé le 3 juin 1680 et qui va poursuivre la descendance;

3° MARTIN DE BULLY, mort l'année même de sa naissance, en 1686[3];

4° JOSEPH DE BULLY, qui tint sur les fonts baptismaux son neveu Joseph-Nicolas, en 1723[4];

5° PIERRE, venu au monde le 1er août 1687[5];

6° LOUISE DE BULLY, qui vit le jour le 9 janvier 1673[6]. Ce n'est point d'elle, mais d'une autre LOUISE DE BULLY (qu'on suppose fille de Charles, l'aîné des enfants énon-

1. Archives domestiques de M. Victor de Bully; extraits authentiques d'anciens registres baptistaires.

2. DE SURVILLE (Ile de France) : *De gueules, à la croix tréflée d'argent au chef cousu d'azur.*

3. Archives domestiques de M. Victor de Bully.

4. Anciens registres ecclésiastiques de la commune du Quesnoy-sur-Airaisnes, arrondissement d'Amiens, pour l'année 1723. Extrait authentique délivré le 12 mars 1825 par Trécourt, greffier du tribunal d'Amiens.

5. Archives domestiques de M. Victor de Bully.

6. *Ibidem.*

cés ci-dessus), qu'il s'agit dans l'inscription funéraire d'une chapelle de Dieppe : M. l'abbé Cochet, dont les fructueuses recherches ont enrichi la science archéologique, a publié un ouvrage ayant pour titre : *les Églises de l'arrondissement de Dieppe*. Dans le chœur de celle de Sanchay, canton d'Envermen, le savant épigraphiste a relevé une inscription particulièrement intéressante pour nous, puisqu'elle concerne ladite Louise de Bully, trépassée en l'an de grâce 1735. Nous allons à notre tour reproduire l'épitaphe :

« Au grand regret de son mari, gît ici noble et « puissante dame Louise de Bully, décédée le premier « décembre mille sept cent trente-cinq, âgée de vingt-« neuf ans. Elle avait été mariée le neuf septembre « mille sept cent vingt deux, à messire Louis-Charles « Le Blond, chevalier, baron de Haut et Bas Sanchay, « seigneur des Rendus, de Coutiers, du But, de Belle-« ville et de Brémontier, en partie, lequel ayant fait « poser cette pierre ici, demande d'y être inhumé « aussi : Ledit seigneur, décédé le vingt-neuf mars « mille sept cent quarante-six, âgé de quarante-neuf « ans. Passant, ne refusez point à chacun un *De pro-« fundis*. »

7° Catherine de Bully, qui reçut le baptême le 22 juin 1677 ;

8° Marie-Anne de Bully, qui reçut le baptême le 13 avril 1683.

XV.

ANTOINE DE BULLY célébra ses noces le 28 juillet 1707 avec CATHERINE DE BOULLY, qui avait pour père Antoine de Boully et pour mère Catherine Lecomte.

De ce mariage :

1° PIERRE DE BULLY, né le 16 décembre 1709 ;

2° CHARLES-ALEXIS DE BULLY, né le 10 mars 1712, auteur d'une branche établie à Maubeuge[1] ;

1. Un des représentants actuels de ce rameau possédait naguère et possède peut-être encore la ferme de Raimont, ancienne dépendance de l'abbaye de Hautmont. Il est à ce titre mentionné dans les *Recherches historiques sur Maubeuge*, par Z. Pierart, in-8°, page 78, 1851.

« FERME DE RAIMONT.

« Au XIIIe siècle, les religieux possesseurs de cette ferme en cédèrent « une partie viagèrement à des particuliers. Mais en 1377, cette portion leur « fut rendue par un gentilhomme appelé Louis Turch avec la dîme et les « revenus qu'il possédait à Ferrière-la-Grande. Depuis, la ferme de Raimont « continua à être possédée dans tout son entier par les moines d'Hautmont, « qui en faisaient exploiter les biens par des fermiers. C'est dans cette « ferme qu'en 1790, lors des appréhensions que leur donnaient les dispositions de l'Assemblée constituante et du peuple à l'égard des communautés « religieuses, ils cachèrent momentanément leurs archives et leurs objets « les plus précieux, et c'est aussi là qu'au retour de l'émigration, le dernier « abbé d'Hautmont passa une partie de ses dernières années. Aujourd'hui la « ferme de Raimont, ainsi que la charmante maison de campagne d'origine « toute moderne qui a été construite à côte, appartient à M. BULLY, ancien « avocat du barreau de Valenciennes. »

3° Jean-Antoine de Bully, mort en bas âge ;

4° Joseph-Nicolas de Bully, ondoyé le 6 décembre 1723, qui va représenter la prochaine génération ;

5° Augustin de Bully, né le 17 avril 1726 ;

6° Marie-F. de Bully, baptisée le 17 avril 1714 ;

7° Marie-Catherine de Bully, née le 3 avril 1721, se maria à Jean-François Trencart, dont elle eut une fille du nom de Marie-Louise, qui décéda le 27 novembre 1768. Son inscription obituaire porte que Nicolas et Augustin de Bully étaient ses oncles[1].

XVI.

JOSEPH-NICOLAS DE BULLY, quoiqu'ayant sa résidence habituelle à Paris, mourut en son manoir du Quesnoy-sur-Airaisnes, diocèse d'Amiens, le 9 août 1790. A ses obsèques furent présents quatre de ses enfants : Charles-Joseph-Augustin de Bully, avocat au parlement de Paris, Antoine-Jean-Nicolas de Bully, Agnès-Marguerite-Claire et Marie-Geneviève-Françoise de Bully, ainsi que Pierre-Remi de Savoie et Charles-Clément Bizet, ses neveux, Jacques Leroy, son beau-frère[2].

1. Toutes les constatations de mariages, de naissances ou de décès qui précèdent sont tirées des anciens registres de la commune du Quesnoy-sur-Airaisnes, arrondissement d'Amiens, années 1707 et suivantes.

2. Anciens registres ecclésiastiques de la commune du Quesnoy-sur-

Joseph-Nicolas de Bully est qualifié bourgeois de Paris dans son contrat de mariage du 29 juillet 1766. La bourgeoisie des grandes villes et surtout de Paris était essentiellement compatible avec la noblesse. Les hommes de race s'y précipitaient pour participer aux priviléges dont elle avait été dotée par les rois de France. Joseph-Nicolas de Bully ne fit donc, sous ce rapport, qu'imiter les Montmorency, les Bureau, sires de la Rivière, les Lüillier, les Bordeaux, les du Gout, vicomtes de Lomagne, les barons d'Arpajon, les Pelegrue, les de Pins, barons de Taillebourg, les Corneillan, et tant d'autres membres des plus grandes familles de l'Ile-de-France, de Guyenne, de Gascogne, de Languedoc et de partout.

Joseph-Nicolas de Bully s'était marié le 29 juillet 1766 avec MARIE-CLAIRE DE DIGEON[1], qui avait pour auteurs Jean de Digeon et Agnès Pignon. Leurs enfants furent :

1° CHARLES-JOSEPH-AUGUSTIN DE BULLY ;

Airaisnes, arrondissement d'Amiens, pour l'année 1790; extrait authentique délivré le 12 mars 1825 par Trécourt, greffier du tribunal d'Amiens.

1. Anciens registres ecclésiastiques de la paroisse Saint-Étienne-du-Mont, de Paris, année 1766 ; extrait authentique délivré le 25 avril 1854 par M. Merruau, secrétaire général de la préfecture de la Seine. — Marie-Claire de Digeon était de la même famille que les de Digeon de Montéton, alliés aux de Virieu, de Gervain, etc., et représentés sous la Restauration par le comte de Digeon, député, qui passait, avec le marquis d'Aligre, pour un des plus riches propriétaires du temps. C'est lui qui fit don à la ville de Nérac (Lot-et-Garonne) de la statue en bronze d'Henri IV.

2° ANTOINE-JEAN-NICOLAS DE BULLY, doyen du chapitre et vicaire général du diocèse de Soissons, fut promu, le 11 mai 1825, au grade de chevalier de la Légion d'honneur, sur la présentation de Son Excellence Mgr l'évêque d'Hermopolis, ministre des affaires ecclésiastiques et de l'instruction publique [1];

3° AGNÈS-MARGUERITE-CLAIRE DE BULLY, qui fut marraine, le 29 avril 1790, d'*Augustine-Joséphine-Émilie*, fille d'Augustin de Bully et de MARIE-FRANÇOISE TRENCARD;

4° MARIE-GENEVIÈVE-FRANÇOISE DE BULLY.

XVII.

CHARLES-JOSEPH-AUGUSTIN DE BULLY fut, le 4 décembre 1788, reçu avocat au parlement de Paris [2]. Il entra plus tard dans l'administration de la guerre, devint payeur général de l'armée de Hollande et en 1814 de la 6e division militaire, dont le siége était Lille. Le 30 août même année, Charles-Joseph-Augustin de Bully fut nommé chevalier de la Légion d'honneur, en récompense de ses services, sur la recommandation de M. le duc de Berry [3].

1. Brevet officiel. Archives domestiques de M. Victor de Bully.

2. On sait que cette fonction judiciaire communiquait la noblesse à ceux qui ne l'avaient point et ne pouvait par conséquent la faire perdre à ceux qui la possédaient.

3. Archives domestiques de M. Victor de Bully, brevets officiels.

La particule qui précédait son nom patronymique ayant été supprimée à l'époque de la Terreur et postérieurement, il se pourvut auprès du Tribunal de la Seine pour la faire rétablir. Un jugement du 18 février 1815 déclara que son appellatif patronymique, depuis un temps immémorial, était de Bully, et ordonna la rectification des actes de l'état civil où le préfixe *de* avait été omis. M. de Bully s'était acquis dans de hautes fonctions financières et politiques une sérieuse notoriété qui lui valut en 1822 et 1828, de la part de ses concitoyens, le mandat de député pour le département du Nord. Sa pertinence en matière administrative et son esprit pratique lui permirent de coopérer à d'importants travaux législatifs. Charles-Joseph-Augustin de Bully eut de MARIE-ANNE-VICTOIRE BIENAYMÉ :

XVIII.

ESPRIT-CHARLES-GABRIEL DE BULLY reçut, le 23 mars 1817, de M. le colonel général des gardes du royaume, l'autorisation de porter la décoration de la fleur de lis. La fonction de payeur de la 6e division militaire étant devenue vacante par l'entrée à la Chambre de Charles-Joseph-Augustin de Bully, les députés de Lille, dans une adresse à Charles X, demandèrent que le fils succédât à son père. Sa Majesté, par une faveur tout exceptionnelle, donna satisfaction à l'opinion publique. En 1830, Esprit-Charles-Gabriel de Bully, n'écoutant que la voix de son dévouement à la branche aînée des Bourbons, donna sa démission et refusa les offres les plus séduisantes du baron Louis, jaloux de conserver à l'administration des finances ce fonctionnaire modèle et populaire. Il contracta deux alliances, la première avec EUGÉNIE BULTEAU, de laquelle est issue :

EUGÉNIE DE BULLY, mariée au MARQUIS DE FORESTA [1]; ils ont eu trois enfants : — I. *Henri;* — II. *Pierre;* — III. *Marie-Thérèse.*

Du deuxième lit, d'Esprit-Charles-Gabriel avec ÉLISE LOÜŸ, sont nés :

1° ESPRIT-CHARLES-ÉTIENNE-PHILIPPE DE BULLY, décédé à l'âge de vingt-neuf ans ;

2° VICTOR DE BULLY, mort en bas âge;

1. La maison de Foresta est originaire du nord de l'Italie où, dès le XIIe siècle, elle apparaît sur la scène historique. J'ai manié dans les Archives de Bergame, de Vérone et de Venise plusieurs manuscrits qui la concernaient.

Elle se transplanta en Provence dans les premières années du règne de François Ier. Ses illustrations sont nombreuses. Les Foresta ont contracté des alliances avec les d'Adhémar de Castellane, comtes de Grignan, les d'Oraison, comtes de Boulbon, les Forbin, marquis de Janson, les Glandevez, barons de Faucon, les d'Audiffret, etc. Ils étaient eux-mêmes et sont encore marquis de La Roquette.

3° VICTOR DE BULLY, qui a épousé Mlle Augusta-Pauline de Soubiran de Campaigno, fille de M. Pierre-François-Charles de Soubiran de Campaigno [1], ancien colonel au 92° de ligne, et de Mlle Lavinie Duval de Mondeville. Les de Soubiran sont issus d'une famille notoire de Gascogne, sortie elle-même de la souche illustre des seigneurs d'Arrifat en Languedoc. La branche cadette du Condomois s'identifia, au milieu du dernier siècle, en vertu d'une alliance, d'une consécration royale et du droit coutumier, avec les Patras, seigneurs de Campaigno, qui ont une origine et un passé tout à fait chevaleresques.

En septembre 1870, M. Victor de Bully et son frère Léon vinrent s'enfermer dans Paris pour concourir à sa défense. Leur premier soin fut de se faire incor-

1. M. Pierre-François-Charles de Soubiran de Campaigno était le troisième des fils du comte de Campaigno, qui résidait au château de ce nom en Condomois. Il sortit de l'école de Saint-Cyr le 1er octobre 1831 avec le grade de sous-lieutenant. Nous le trouvons capitaine adjudant-major le 7 juillet 1842 et enfin colonel au 92e de ligne le 10 novembre 1856. Il avait fait les campagnes de Belgique (1832-1833), celles d'Afrique de 1842 à 1847 et de 1852 à 1854 inclusivement. M. Charles de Soubiran de Campaigno fut appelé, sur la fin de l'expédition de Crimée, à l'armée d'Orient, où il arriva le lendemain de la prise de Sébastopol. Nommé commandant de la place de Kamiestch, il fut chargé de réembarquer les troupes et d'assainir les hôpitaux, où les épidémies étaient en permanence. Ce fut une nouvelle occasion pour lui de témoigner au soldat ce dévouement profond et efficace dont il lui avait donné tant de gages en Algérie. Nul plus que lui ne fut soucieux du devoir militaire, qu'il poussa jusqu'à l'austérité. Aussi personnifiait-il au plus haut degré les traditions d'honneur et l'esprit de discipline.

porer dans la garde nationale. Pendant ce temps, les Prussiens avaient enveloppé la capitale d'une triple muraille d'airain et s'étaient retranchés dans le château de Cœuilly, propriété de Mme de Bully, mère des deux volontaires. M. Victor de Bully fut appelé au fort de Nogent pour donner au commandant des indications qui devaient faciliter la destruction de la villa appartenant à sa famille, où l'ennemi s'était cantonné et fortifié.

4° Henri, } descendus prématurément dans la
5° Albert, } tombe;

6° Léon de Bully est celui que nous avons vu, au mois de septembre 1870, en compagnie de son frère Victor, s'enrôler dans la garde nationale, des rangs de laquelle il passa bientôt après dans le corps des éclaireurs de Franchetti. A partir du mois de novembre, nous le trouvons à toutes les batailles qui se livrèrent sous les murs de Paris. Le 30 novembre, le général Ducrot l'appela à faire partie de son escorte, et lui fit l'honneur de le garder auprès de lui pendant cette meurtrière journée. Sur la fin du combat, il venait de porter un ordre du général en chef au général d'Exéa, lorsqu'un éclat d'obus l'atteignit à l'épaule et le renversa sur son cheval dont la croupe fut labourée par le projectile. L'intrépide éclaireur n'échappa à la mort que grâce à son chassepot, posé en bandoulière, qui avait reçu et amorti le coup. C'est en récompense de sa belle conduite pendant les journées du 30 novembre et du 2 décembre que M. Léon de Bully fut nommé chevalier de la Légion d'honneur le 8 décembre 1870. Ses camarades, heureux de cette promotion, la ratifièrent par une démonstration aussi flatteuse que sympathique.

7° Élise de Bully, alliée au vicomte de Pardieu [1] (de la puissante race de ce nom), est décédée à trente-sept ans, laissant une fille ;

8° Julie de Bully, qui a épousé le baron de Jessé-Levas [2], dont sept enfants ;

1. M. le comte de Pardieu appartient à la maison deux fois marquisale de ce nom, dont l'origine est antérieure à 1230 et qui compte dans ses diverses branches de très-hautes personnalités militaires. Ses alliances sont à la hauteur de son rôle et l'apparentent avec les de Raffelot, marquis de Canouville, avec les de Pisseleu qui touchent de très-près à la maison de France, avec les marquis de Le Veneur, avec les de Beauvau, de Pellevé, de Mailly, etc.

Les de Pardieu étaient marquis d'Avremesnil et aussi de Maucomble dès le commencement du XVIIe siècle. Boulainvilliers cite la famille de Pardieu parmi les quatre les plus distinguées de la généralité de Rouen.

2. Les de Jessé, d'après une tradition immémoriale, seraient sortis, de même que David et le Messie, de la tige de Jessé; mais une telle provenance est un peu trop fabuleuse et lointaine pour rencontrer beaucoup de croyants. La maison qui nous occupe revendique également comme sien un dignitaire de l'Église appartenant au cycle carlovingien et portant le nom de Jessé. Il est malheureusement très-difficile de constater son identité, non comme prélat, mais comme ancêtre, par la raison que les appellatifs propres ne devinrent patronymiques ou héréditaires qu'au XIe siècle. Quoi qu'il en soit, ce personnage éminent fut évêque d'Amiens, ambassadeur de Charlemagne en 802, un des signataires du testament de ce glorieux empereur en 811 et un des grands qui déposèrent Louis le Débon-

9° MARIE DE BULLY, mariée au vicomte de VESVROTTE, dont les ancêtres directs, sous le nom originel de Richard, ont brillé dans les annales de Bourgogne [1].

naire. Ceux qui n'acceptent point ces deux légendes, dont la source se perd dans la brume des temps bibliques et de l'âge féodal, ne peuvent du moins refuser l'ancienneté d'extraction à la race des Jessé de Languedoc. Elle apparaît parmi les victimes de la croisade des Albigeois, et tint, dès le XIVe siècle, les premières fonctions dans la magistrature, à Béziers et à Montpellier, ainsi que diverses charges militaires aux armées. André de Jessé, né vers 1410, se signala au service de Louis XI. Pimpré de Jessé concourut avec sa compagnie aux magnificences du drap d'or en 1520. Les de Jessé furent, en vertu d'un jugement de maintenue, inscrits en 1668 sur le catalogue des véritables gentilshommes. Henri de Jessé fut en 1789 élu député de la noblesse de Languedoc et président de l'Assemblée constituante en 1790. Ils sont barons de Levas, Carlencas, Campillargues et la Fregère.

1. Les de Richard, comtes de Vesvrotte, sont de très-vieil estoc. Il sont en évidence dans l'histoire de Bourgogne dès le XIIIe siècle. Jean de Richard était avocat général du duc de Bourgogne vers 1268, ainsi qu'il résulte d'une bulle du pape Clément IV, approuvant la fondation des Cordeliers de Beaune. Louis de Richard était conseiller du duc de Bourgogne lorsqu'il épousa Marie de Plaines, fille du chancelier de ce duché, à une époque que nous ne pouvons déterminer aujourd'hui. A la montre faite à Lyon par Aymes de Saint-Pierre, banneret, le 5 août 1355, figure Pierre de Richard. On le retrouve à une autre passée par Bertrand du Guesclin. Jeanne de Richard, femme d'Antoine Bossuet, fut l'aïeule du grand orateur sacré. Jacques de Richard était écuyer de la grande écurie du roi le 10 octobre 1637. C'est en faveur de Jean-Baptiste, mousquetaire de la garde de Sa Majesté, que les terres de Corabœuf, Ivry et Corcelles-sus-Molinot furent élevées au rang de marquisat sous la dénomination de marquisat de Richard d'Ivry. Les alliances de cette race sont assorties à son illustration.

BRANCHE

DES

SEIGNEURS DE FEUGERAY.

II.

ROBERT DE BULLY était le troisième des quatre fils provenus de Jean de Bully, écuyer, et de Jacquette de Sandouville. Ses frères Guillaume et Jean donnèrent ensemble, en 1482, à leur aîné Nauldin, mandat de défendre leurs intérêts collectifs devant le bailli de Caux contre Guillaume Le Mercier. Robert de Bully est mentionné, comme existant en 1484, dans un arrêt de la Cour des Aides de Rouen, qui releva le 14 juillet 1635, Marguerite de Bully du cas de dérogeance. D'après ce jugement, Robert de Bully fut conjoint à demoiselle PÉRINNE LECOQ[1], fille d'Étienne Lecoq et de Mariette Martel. Périnne Lecoq donna à son mari le suivant :

1. LE COQ (Normandie) : *D'azur, au sautoir d'argent, au chef de même chargé d'une molette d'éperon, accostée de deux flanchis ; le tout de gueules.*

III.

GUY DE BULLY, écuyer, fut investi par une donation de ses grands parents maternels, le 6 mai 1495, de divers immeubles. Son père Robert avait aliéné ou échangé certains héritages. Guy de Bully les revendiqua de Jacques Gosselin. Le différend fut porté devant le vicomte du Bec-Crespin, le 26 octobre 1522. Sa mère Périnne Lecoq lui abandonna tous ses biens légitimaires le dernier jour d'avril 1525. La même année, Guy de Bully reçut commission du sieur de Gouseville pour lever une compagnie à Berneval, et la mettre au service du roi. De son union avec ADRIENNE AUBERT, accomplie le 9 juillet 1525 :

1° JEAN DE BULLY, écuyer ;

2° JACQUELINE DE BULLY, qui épousa le 22 septembre 1552, à Goderville, JEAN PIÉDEFER.

IV.

JEAN DE BULLY, écuyer, fournit dénombrement le 22 juin 1601, tant en son nom qu'à celui de ROBINE DE TOCQUEVILLE, sa femme, pour le fief de Feugeray et de plusieurs terroirs mouvants de ladite seigneurie. Il s'était allié, comme on vient de le voir, avec demoiselle Robine de Tocqueville, laquelle le rendit père de :

1° Adrien de Bully ;

2° Marguerite de Bully, qui s'était mariée contre la volonté de ses auteurs, le 19 novembre 1607, avec Jean Gallepin ou Galopin, de la paroisse de Saint-Eustache-la-Forêt. Marguerite, ayant perdu prématurément son mari, donna une tutelle à sa fille mineure, de concert avec son frère Adrien, et voulut se faire relever de sa mésalliance par la Cour des Aides de Rouen [1]. Elle produisit, à cette occasion, les titres qui redressaient les trois degrés de noblesse que nous venons de disposer. Marguerite fut réhabilitée par lettres patentes du roi, dépêchées le 10 janvier 1620 et entérinées le 14 juillet 1635 [2].

1. La vieille race des Bully, déchue de son ancienne splendeur, avait été réduite, par les épreuves de la fortune, à un autre cas de dérogeance; en 1583, un ROBERT DE BULLY (Builly), sieur du Mesny et de Conjugiville, élection de Rouen, reçut des lettres récognitives de noblesse.

2. Tous les détails filiatifs et domestiques qui concernent la branche de Feugeray ont été relevés dans un extrait des *anciens registres* de la Cour des Aides de Normandie, déposés aux Archives de la Cour d'appel de Rouen. Expédition moderne en due forme délivrée par Gosselin, greffier de ladite cour.

BRANCHE

DES

SEIGNEURS DE GUÉRAMÉ.

VI.

JACQUES DE BULLY, écuyer, seigneur de Guéramé[1] et de Duestramé, fit les preuves de noblesse devant la Cour des Aides de Normandie, le 18 juillet 1656, et obtint décharge de l'assignation après enquête de

1. Builly (Bully), écuyer, seigneur de Guéramé, généralité d'Alençon, portait : *De sinople, à deux bars adossés d'argent, accompagnés de deux roses de même, une en chef et une en pointe.* (Armorial de Normandie, par Chevillard.)

De Bully (Falaise) avait pour armes : *D'azur, à deux barbeaux* (ou *bars*) *adossés d'argent, accompagnés en chef d'une fleur de lis d'or.* (Dictionnaire de la noblesse, par La Chesnaye-Desbois, éd. in-18, tome III, page xxxvi.)

Les armes des Bully qui nous occupent sont identiques aux précédentes et à peu près semblables à celles des Barfleur, des Bernières et d'une branche des Percy, comme on va le voir.

Barfleur (V.) : *De gueules, à un bar contourné d'argent, la tête surmontée d'une fleur de lis d'or.* (Normandie.)

Bernières : *D'azur, à deux bars adossés d'argent, sommés d'une fleur de lis d'or.* (Normandie.)

De Percy : *D'azur, à deux barbeaux adossés d'argent, surmontés d'une fleur de lis d'or.*

M. d'Orgeville, conseiller. Il fut de nouveau confirmé le 22 mai 1667, dans son ancienne extraction, par lettres patentes du roi, qui furent registrées à la chancellerie de France, le 25 suivant, et à la Cour des Aides de Normandie[1] le 17 décembre, même année. Nous transcrivons ici ce document, duquel il appert que Jacques de Bully justifia les quatre degrés de noblesse imposés par les ordonnances sur la matière :

« Louis, par la grace de Dieu roy de France et de « Navarre, à nos amez et féaux conseillers, les gens « tenant nostre Cour des Aydes à Rouen, salut. Nostre « cher et bien amé Jacques de Bully, sieur de Dues- « tramé, nous a fait remonstrer qu'il est nay d'extrac- « tion noble, ses père, ayeul et bisayeul, trisayeul et « quatrayeul estant nobles, tenus censez et reputtez en « la dicte qualité, ayant vescu noblement et comme « tels, jouy de tous les privilléges, exemptions et imu- « nitez sans avoir esté imposez aux tailles, *ayant tous- « jours servi au ban et arrière-ban,* lorsqu'il a esté « convocqué par les rois nos prédécesseurs. Mais d'au- « tant que l'exposant a eu advis que Jacques de Bully, « son ayeul, avait pendant cinq à six années seullement

1. Maintenue de noblesse en faveur de Jacques de Bully, *ut supra.* — Lettres patentes du 22 mai 1667, confirmant Jacques de Bully dans son ancienne noblesse; archives de l'ancienne Cour des Aides de Normandie; extrait en due forme délivré le 9 novembre 1855.

« postullé comme procureur, lors de l'eschiquier de « Normandie au bailliage et jurisdiction d'Allençon, le « dict exposant apréhende qu'on luy veuille imputer à « desrogeance, quoy que ledit Jacques de Bully, non « plus que ses prédécesseurs, n'aict jamais esté impozé « aux rolles des tailles, ayant tousjours vescu noble- « ment, servy au ban et arrière-ban; c'est pourquoy « l'exposant nous a requis luy octroyer, en considération « de ses services et de ceux que nous recevons jour- « nellement de Thomas de Bully, son fils unicque, ser- « vant dans nos troupes, nos lettres nécessaires. A ces « causes, désirant favorablement traiter l'exposant, « nous vous mandons et ordonnons par ces présentes, « signées de nostre main, que s'il vous appert de ce que « dessus que le père, ayeul, bisayeul, trisayeul et qua- « trayeul de l'exposant fussent nais d'extraction noble « et qu'ils ayent vescu noblement sans avoir autre def- « fauct que la dicte desrogeance de son ayeul, d'avoir « postullé pendant cinq à six années en l'eschiquier de « Normandie au dict bailliage et jurisdiction d'Alençon, « sans néanmoins que luy ny aucun d'eux aict été com- « pris aux rolles des tailles, ayant servi au ban et « arrière-ban, lorsqu'il a esté convocqué en nostre « dicte province et d'autres choses, tant que suffire il « doibve; vous, au dict cas, ayez à maintenir et con- « server l'exposant au tiltre de noblesse et de le faire « jouir et user de tous les privilléges et exemptions et

« imunitez dont ont jouy ses prédécesseurs; le tout « ainsy qu'en jouissent les autres nobles de nostre dict « païs, à la charge de continuer noblement sans aucune « desrogeance, car tel est nostre plaisir.

« Donné à Amiens, le vingt-deuxième de may de « l'an de grace mil six cent soixante-sept et de nostre « reigne, le vingt-cinquième. Signé *Louis*, et plus bas, « par le roy *Phelipeaux*, un paraphe et sellé en queue « d'un grand seau de cire jaune. A costé : Registrées au « greffe des expéditions de la Chancellerie de France, « par moi, conseiller secrettaire du roy, greffier des « dites expéditions. A Paris le vingt-cinquième may mil « six cent soixante-sept. Signé « Banchot, » et à côté : « Registrées ez registres de la Cour des Aydes en Nor- « mandie, suivant l'arrêt d'icelle de ce jourd'huy dix- « septième jour de décembre mil six cent soixante-sept. « Signé : *Le Cauchois*, avec paraphe. »

« Pour copie conforme délivrée à M. de Bully,

« *Le Greffier de la Cour impériale de Rouen*,

« A. VIMARD. »

Jacques de Bully contracta union avec MARIE DE SAINT-DENIS [1], qui le rendit père de :

1. Elle était veuve de Jean de Bernière, écuyer, sieur de Saane et d'Yeville.

Les de SAINT-DENIS (Normandie) portaient : *De sable, fretté d'argent, au chef d'argent chargé d'un léopard de gueules.*

Thomas de Bully apparaît d'abord dans le métier des armes, qu'il abandonna pour revêtir la robe. Cette évolution de l'ordre militaire dans l'ordre civil était assez fréquente à cette époque. Le poëte de Caillavet, seigneur de Montplaisir, gentilhomme gascon, après avoir fait les campagnes d'Italie, déposa son épée et devint un des bons juristes du Parlement de Bordeaux. Nous pourrions citer plusieurs exemples analogues. Thomas de Bully, en devenant avocat au Parlement de Rouen [1], ne fit qu'imiter la conduite de plusieurs nobles

1. Anciens registres de la Cour des Aides conservés aux Archives de la Cour d'appel de Rouen.

Thomas de Bully est enregistré dans l'Armorial de Rouen comme blasonnant *D'azur, à deux besans d'or;* c'est l'unique cas où ces armes sont attribuées à un membre de la maison de Bully. Avant et après Thomas, elles ne reparaissent nulle part, ce qui prouverait qu'elles avaient été reconnues erronées; elles l'étaient en effet, puisque son père ainsi que ses cousins des autres branches, d'après le Grand Armorial de France et celui de Chevillard, portaient, on a pu le constater plus haut: *De sinople, à deux bars adossés d'argent, accompagnés de deux roses de même, une en chef et une en pointe,* ou bien *accompagnés en chef d'une fleur de lis.* Saint-Allais, dans son *Nobiliaire universel,* tome VI, lui applique aussi des armes analogues : « N. de Bully, écuyer, sieur de Guéramé, généralité d'Alençon, porte : *De sinople, à deux poissons d'argent, accompagnés de deux étoiles,* alias *de deux roses de même.* » Il est donc indubitable que les armoiries inscrites au nom de Thomas de Bully, si différentes de celles des siens, n'étaient pas les vraies. On ne peut expliquer ce changement héraldique d'une génération à l'autre que par certaines pratiques et tolérances du temps. Quelques personnes, pour se particulariser dans la famille, prenaient provisoirement tantôt les armes d'un fief, tantôt celles de leur profession. Le gentilhomme qui remplissait des offices de judicature, bien qu'on ne dérogeât pas le moins du monde, voilait, si possible était, les armes qui cherchaient à réparer les désastres de la profession guerrière par la situation plus fructueuse de magistrat.

2° LANCELOTTE DE BULLY, mariée, le 29 décembre 1679[1], à noble TRANQUILLE ALLORGE [2], seigneur de Gamache, fils de messire Tranquille Allorge, écuyer, seigneur de Seinneville et de Gamache.

Au point de vue de la législation ancienne qui réglait la transmission des titres et de la nouvelle, qui n'y contredit pas, les de Bully existants seraient dans leur droit en demandant que le titre anglais de « baron, » tombé en quenouille ou éteint au XIIIe siècle, fût relevé à leur profit. Au moyen âge et jusqu'en 1789, lorsque la masculinité finissait dans une branche aînée, ses droits honorifiques étaient recueillis par la cadette, qui venait après dans l'ordre graduel.

Les titres suivaient, du reste, la loi commune du nom et des armes, presque toujours au détriment des filles, s'il y en avait, car ils constituaient une propriété appartenant à la famille et non à la succession, c'est-à-dire qu'elle était circonscrite à ceux du sang et

héréditaires sous des armes professionnelles. Celles de Thomas de Bully pouvaient donc se rapporter à son office.

1. Anciens registres de la Cour des Aides de Rouen.

2. ALLORGE (Normandie) : *De gueules, à trois gerbes d'or, accompagnées de sept molettes d'éperon du même, trois rangées en chef, une en cœur et trois en pointe, deux et une.*

de la lignée. Ces maximes furent consacrées par arrêt du 31 juillet 1759. Sur les conclusions du président Séguier, la Cour ordonna que les titres de noblesse laissés par le dernier membre des Titon-Villegenou, branche aînée, fussent remis par sa fille et héritière à un mâle d'un rameau puîné[1]. Ce jugement ne fit que confirmer cette vieille maxime de droit féodal : « primo defuncto et excluso, secundus sequens dicitur « primus, et tertius sequens dicitur secundus, et sic de « singulis. » Ces principes, ajoute Jean Scohier, s'appliquent non-seulement à des frères, mais à toutes les branches qui se succèdent ainsi alternativement dans leurs droits[2]; les aînées qui disparaissent sont remplacées tour à tour par les cadettes qui restent. Cette dévolution naturelle, il est vrai, ne concerne que la ligne masculine, ce qui est le cas des représentants actuels de la maison de Bully.

1. *Coll. de décisions*, par Denisart, article *Noblesse*, page 368.

2. Dans son *Estat et Comportement des armes*, in-folio, 1597, Jean Scohier dit : « Ce doit être entendu non-seulement entre frères, mais sui- « vant la coustume générale de l'office des armes, de tout temps observée « entre roys, héraux et poursuivans d'armes, est entendu qu'estant la « branche du premier, qui est aisnée, morte et évacuée, le second suivant, « c'est-à-dire la branche du second fils, que disons *linea secunda geni- « torum*, rentre au droict de *primogenitorum*, et ainsi des autres branches « et arrière-branches. »

FIN DE LA NOTICE DE BULLY.

APPENDICE OU PREUVES

SUPPLÉMENTAIRES

APPENDICE OU PREUVES

SUPPLÉMENTAIRES.

Document I, page 3.

Rogerius de Buslei vendivit domno abbati Rainerio et ejus monachis decimam ejusdem villæ, scilicet Buslei, quemadmodum sibi jure hereditario competebat, pro libris denariorum LX et XII et I equo.

Et ne quis hujus venditionis possit contradictor vel calumpniator existere, Willelmi, principis Normannorum, roboratur signo et auctoritate.

Signum Willelmi, comitis. Signum Rogerii de Bulei. Signum Rotberti, comitis de Auco. Signum Hernaldi, cujus erat pars decimæ. Signum Rodulfi de Cancei. Signum Huelini de Drincourt. Signum Ricardi de Drincourt. Signum Turoldi, fratris ejus.

Ex nostra parte testes : Rotbertus de Allavio; Ricardus, senescal; Osmundus de Putangle; Bernardus, cocus.

Cartulaire de l'abbaye de la Sainte-Trinité-du-Mont de Rouen, avec notes et introduction par A. Deville, dans les Documents inédits de l'Histoire de France, p. 444.

Document II, page 4.

CONFIRMATIO DOMINI REGIS HENRICI SECUNDI.

1088.

Henricus Dei gratia rex Anglorum, dux Normaniæ et Aquitaniæ, et comes Andegaviæ, omnibus justiciariis et vicecomitibus, et baronibus, et ministris suis de Eborascira, et Notinghamsira, salutem.

Præcipio vobis firmiter, quod monachi de Blida habeant in pace, et juste et plenarie, feriam suam et merchatum suum de Blida et Theloneum, et passagium suum inter Thornwath et Kadeford, sicut Rogerus de Bulleio ea illis dedit, et sicut rex Henricus, avus meus, illis concessit et confirmavit. Præcipio etiam quod habeant omnes consuetudines suas in boscis, terris et aquis et in omnibus rebus ita plene et juste, sicut habuerunt tempore prædicti regis et tempore Henrici regis, avi mei. Prohibeo etiam quod homines prædictorum monachorum de Blida non eant ad sciram et hundredum, nec ad wapentachium, neque ad placitum, nisi ad castellum de Blida. Volo etiam et firmiter præcipio quod habeant omnes decimas et omnes consuetudines, sicut melius habuerunt tempore regis Henrici, avi mei, et tempore Rogeri de Bulley, et quisquis eis quicquid de rebus suis, sive de catallis, sive decimis detinuerit, et is injuriam fecerit, justiciarii et vicecomites res suas faciant habere de pecunia illius, qui eis violentiam fecerit, ne inde clamorem audiam pro defectu recti vel justiciæ. Teste Thoma cancellario, et Rogero comite Guar. Roberto de Dunst. Ranulpho de Broc, apud Blidam.

Monasticon anglicanum, per Dodsworth et Dugdale, in-fol., Londini 1682, page 554, 1re col.

Document III, page 5.

BLITHENSIS PRIORATUS, IN AGRO NOTTINGHAMENSI, CELLA ABBATIÆ SANCTÆ KATHARINÆ DE MONTE ROTHOMAGI (1088).

Carta Rogeri de Buliaco, domini honoris de Tikhell, de fundatione ejusdem.

In nomine sanctæ et individuæ Trinitatis, notum sit omnibus fidelibus, quod ego Rogerus de Builly et uxor mea Muriel, pro stabilitate regis Anglorum Willielmi et successorum ejus, necnon pro anima regine Matildis et pro salute animarum, consilio amicorum nostrorum, dedi, concessi, et hac presenti carta mea confirmavi Deo et beatæ Mariæ de Blida et monachis ibidem Deo servientibus, ecclesiam de Blida et totam villam integre cum omnibus appenditiis suis et consuetudinibus, sicuti homines ejusdem villæ faciebant; scilicet, arare, kariare, falcare, bladum secare, fenum facere, marchetum dare, stagnum molendini facere. Preterea dedi et concessi prædictis monachis Theolonium, et passagium de Kadeford, usque in Theornewat, et de Frodeston usque in Hiddlhill. Dedi etiam eis feriam et marchatum in eadem villa, absolute et liberé, absque ullo retenemento; præterea dedi prædictis monachis omnes dignitates quas habebam in eadem villa, scilicet . . . . . them, et Infangethefe, ferium et fossum, et furcas, cum aliis libertatibus, ut tunc temporis tenebam de rege. Insuper dedi illis Elletonam, et quicquid ei pertinet, Bectonam et quicquid ei pertinet, et quicquid habebam in Barnebeya; dedi etiam eis decimam viginti trium carucarum mei proprii laboris, quarum duæ sunt in Wateleia, et in Warneham duæ et dimidia, in Appelbeya duæ partes decime aulæ in terris et in essartis et in omnibus minutis decimis; in Lactona duæ partes decime aulæ in terris et in essartis et in omnibus minutis decimis; in Clifford, duæ partes decimæ aulæ, in terris et in essartis et in omnibus minutis decimis; in Saltebeya, et in Garthorp, et in Berchassebeya, duæ partes decime aulæ, in terris et in essartis et in omnibus minutis decimis; in Buggeford duæ partes decimæ aulæ in terris et in essartis et in omnibus minutis decimis; in Ludham et in Gunthorp, duæ partes decimæ aulæ in terris et in essartis et in omnibus minutis decimis; et in Clippestona decimam unius caruce et duas partes de decima de Crokestona. Hec omnia supradicta ecclesiæ Blidæ, ad edificationem loci, et victum et vestitum monachorum ibidem Deo ejusque servientibus concedo in perpetuum, excepto quod unoquoque anno, de omnibus hiis, ecclesiæ sanctæ Trinitatis de Monte Rothomagi dabuntur quadraginta solidi anglicæ monetæ. Testimonio virorum quorum nomina sunt hec (etc.), hæc donatio facta fuit anno Dominice Incarnationis millesimo octogesimo octavo.

Monasticon anglicanum, pages 553 et 554.

Document IV, page 6.

Quo defuncto, Robertus Belesmensis, frater ejus, Guillelmum Rufum requisivit, eique pro comitatu fratris III millia librarum sterilensium exhibuit, et comes factus, per quatuor annos immania super Gualos exercuit. Oppidum de Quatfort transtulit, et Brugiam, munitissimum castellum, super Sabrinam fluvium condidit. Blidam quoque, totamque terram Rogerii de Buthleio, cognati sui, jure repetiit, et a rege grandi pondere argenti comparavit. Verum, sicut idem vir multis possessionibus in terris est locupletatus, sic majori fastu superbiæ, sequax Belial, inflatus, flagitiosos et crudeles ambiebat insatiabiliter actus.

Orderici Vitalis, *Angligenæ ecclesiasticæ historiæ,* libri tredecim, tome IV, pages 32-33. Éd. Le Prévost.

Document V, page 10.

CHANT DES NORMANDS AU XIe SIÈCLE.

Nous étions oubliés au fond de la Bothnie :
De cet injuste oubli la Gaule fut punie;
Car nos pères armés apprirent notre nom
Aux échos de la Seine, aux rives de la Loire;
L'Aquitaine entendit nos bruyants cors d'ivoire
Et tressaillit d'effroi de Poitiers à Condom.

Sur les ondes du Garw[1] se plaisaient nos carènes;
Et nos barques, courant comme courent les rennes,
Passaient et repassaient devant Burdigala.
Nous rasions les cités au niveau de leurs dalles!

1. Garonne.

Ils croyaient, nos aïeux, maritimes vandales,
En tassant des débris, monter au Walhalla[1].

Nous mouillâmes, un jour, aux portes de Lutèce!
Loin de nous héberger, cette guerrière hôtesse
Leva son bouclier et nous offrit la mort.
Les nôtres admiraient l'attitude vaillante
D'Eudes, qui, sur les murs baignés d'onde sanglante,
Défiait en héros tous les héros du Nord.

Du sang des ennemis et du nôtre prodigues,
Nous cherchions le trépas; nous aimions les fatigues
Autant que l'hydromel à la douce saveur.
Laissant donc aux aînés le sol des Valkyries,
Nous vînmes, avec Rou[2], chercher d'autres patries.
La Neustrie était belle : elle eut notre faveur.

Depuis, la Normandie, intrépide amazone,
A mis plusieurs fleurons à sa riche couronne :
Venose, Ascoli, Labelle, Moncassin,
La Pouille, la Calabre, avec les Deux-Siciles.
Il ne lui manque plus que la reine des îles,
L'Anglie, obéissant au fils d'un assassin.

Si Guillaume fut bon envers le comte d'Arque,
Il sera sans merci pour l'insolent heptarque
Qui lui vola le trône, héritage d'Édouard.

1. Paradis des sectateurs d'Odin.

2. Rollon, premier duc de Normandie, est appelé *Rou* dans les vieilles chroniques, ainsi que dans le roman de Waïsse, *le Chant de Roland*.

Lorsque retentira la voix à qui tout cède,
La voix de Taillefer, du brave Cytharède,
D'un bond nous saisirons l'invincible étendard.

Pourquoi ne pas partir, nos armures sont prêtes!
Nous devrions maintenant jouir de nos conquêtes!
Les vierges d'outre-mer sont sylphes séduisants :
La neige brunirait auprès de leur visage ;
Leurs blonds cheveux à voir sont plus doux qu'un nuage,
Et leurs yeux brillent plus qu'au soir les vers luisants.

Si vous calmez les vents, Notre-Dame des Ondes,
Vous aurez votre part des dépouilles fécondes
Sous forme d'un autel en lapis-lazuli.
La paix rouille les cœurs et les cottes de mailles :
Pitié pour nos guerriers avides de batailles,
Pour nos preux de Belesme[1] et Roger de Bully!

Quand nous aurons conquis le pays maritime,
Objet de tous nos vœux, nous irons à Solime
Gagner notre salut, bien mieux qu'à deux genoux...
Jésus-Christ ouvrira le céleste empyrée
A ceux qui partiront pour la terre sacrée,
Et qui mourront pour lui, comme il est mort pour nous!

J. Noulens.

Revue d'Aquitaine, tome Ier, pages 144-146.

1. Voir plus haut, pages 6 et 116.

Document VI, page 10.

BUISLI.

Roger de Buisli, being possesseed of divers Lordships in the conquerors time; viz. one in Devonshire, eight in Derbyshire, sive in Leicestershire, forty nine in Porkshire, and fourscore and six in Notinghamshire, had his principal residence at Tikhill castle in Porkshire: And at Blythe (near Tikhill) on the confines of Notinghamshire, where he also had another Castle, in Will. Rufi, founded a Priory for Benedicte Monks, wich he annexed as a Cell to the Abby of Saint-Catherine's on the Mount near Roan, in Normandy.

This Roger gave also to the Monks of Saint-Peters at Gloucester, his Lordship of Clifford: and surviving King Henry the first, stood firm to his Daughter Maud the Empress: for which respect King Stephen seized upon his Castle of Tickhill, and the whole Honor of Blithe; and gave them to Ranulph them Earl of Chesler.

To Roger succeded Richard de Builli (son to Roger I presume) who in anno 1147 (12 steph.), founded Roche abby, in Porkshire; and with the consent of Emme his Wife, gave to the Monks of Kirkessede, in Lincolnshire, a certain place lying within the territory of Kymberworth, for the making of two Furnaces, to melt Iron: and two Forges for making id into Bars; as also all his dead wood in the Woods of Kymberworth, to make charcoal for those Furnasses and Forges: And left issue three Sons, William, Richard, and John.

Which Richard, in II Hen. 2. answered for six Knights Fees

upon paiment of his relief for Tickhill; and left issue JOHN his Son, who took to Wise. . . . . one of the two Daughters and Heirs to Roesia, Daughters of Ralph Fitz-Gilbert; Widow of William de Bussei : and confirmed to te Monks of Roche-Abby, whatsoever his Father had formerly given them : but dying without issue male, left Idonea his Daughter, Heir to his whole estate, which IDONEA became the Wife of ROBERT DE VIPOUNT (a great baron in the North) roho bad levery of her Lands in 15 Joh.

The Baronage of England, by William Dugdale, tome Ier, page 455.

DOCUMENT VII, PAGE 12.

CARTA RICHARDI, FILII TURGIS, DE FUNDATIONE ABBATIÆ DE RUPE.

Notum sit omnibus videntibus vel audientibus cartam hanc quod ego Richardus filius Turgis, cum consensu uxoris meæ et, heredum meorum, dedi Deo et Sancte Mariæ et monachis de Rupe, pro salute animæ meæ et omnium antecessorum meorum, totam terram de divisis de Eirichetorp, usque ad supercilium montis ultra rivulum qui currit de Fogswelle, et sic ad acervum lapidum qui jacet in sarta Elsi, et sic ultra viam usque ad Wlvepit, et sic per caput culture de Hertelhou, usque ad divisas de Slednotun. Totam istam terram et totum boscum infra has divisas et communem pasturam totius terræ meæ et quinquaginta carrectas, unoquoque anno, in bosco meo de Ttchereslei, ubi ego providebo, vel aliquis de parte mea, in perpetuam elemosinam, liberam et quietam ab omni seculari servitio, eo tenore, ut construant abbatiam ex qualibet parte aquæ voluerint, secundum quod situs loci melius condonabit, Richardo, filio Turgis, et Richardo de Bulli inter se concordantibus et conconcedentibus ut ambo fundatores abbatiæ sint, in cujuscumque parte aquæ evenerit. Testibus Ada de Novoforo, Hugone de Stentune, Odone filio Johannis, Willielmo filio Raven, Jordano Peinel.

Monasticon anglicanum, page 836, 1re col.

Document VIII, page 13.

Année 1147.

RUPENSIS ABBATIA IN AGRO EBORACENSI FUNDATA ANNO M.C.XLVII.

CARTA RICHARDI DE BUILLI DE FUNDATIONE ABBATIÆ DE RUPE.

Notúm sit omnibus videntibus vel audientibus literas has quod ego Richardus de Bulli, cum concensu uxoris meæ e hæredum meorum, dedi Deo et Sanctæ Mariæ et monachis de Rupe, pro salute animæ meæ et omnium antecessorum meorum, boscum totum, sicut media via vadit de Eilrichetorp usque ad Louvetueit, et sic usque ad aquam, que est divisa inter Baltebi et Hotun, et duas sartas quæ fuerunt Gamel, cum magna cultura, quæ ibi juxta adjacet, et communem pasturam ad centum oves, numero sèxies viginti, in Sochogia de Baltebi; eo tenore, ut construant abbatiam suam êx qualibet parte aquæ voluerint, secundum quod situs loci melius condonabit Richardo de Bulli et Ricardo filio Turgis, inter se concordantibus et concedentibus, ut ambo fundatores abbatiæ sint, in cujuscumque parte abbatia evenerit, in perpetuam elemosinam, liberam et quietam ab omni seculari servitio, sive dono. Testibus Ada de Novoforo, Hugone de Steintun, Odone filio Johannis, Willielmo filio Raven, Jurdano Peinel, Gamel filio Besing, Hugone de Langetueit, Roberto de Scalzebi, Willielmo de Buteiler, Willielmo de Mileri, Roberto filio Jun, Richardo Barbot, Gervasio de Barnebi, Sueni filio Tor et Jurdein filio suo.

Monasticon anglicanum, pages 835-836.

Document IX, page 13.

CARTA RICHARDI DE BULLI DE AILRICDORP.

Omnibus Sanctæ Matris Ecclesie filiis, tam presentibus quam futuris, Richardus de Bulli, salutem. Notum sit omnibus videntibus et audientibus literas has, quod ego Richardus de Bulli, consilio et consensu uxoris meæ et heredum meorum, dedi Deo et Sancte Mariæ et monachis de Rupe, pro salute animæ meæ et omnium amicorum meorum, Eilrichetorp et quicquid ad illam pertinet in omnibus rebus. Et concessi eis terram Willielmi de Alz, quam pater meus dedit illis, et terram quam habent de Roberto, milite meo, de Scalzebi prædicti monachi, et concessi tenere in perpetuam elemosinam, liberam et quietam ab omni seculari servitio sive dono. Hujus donationis testes sunt : Willielmus filius et hæres meus, et R. filius meus, Radulfus presbyter, Hugo clericus de Roderham, Robertus de Bulli, Willielmus de Sandebi, magister Willielmus de Duningetun, Richardus Barret, Willielmus Barbot, Radulphus de Turlavestun.

Monasticon anglicanum, page 836, 1re col.

Document X, page 13.

Année 1161.

CARTA RICHARDI DE BUILLI.

Omnibus Sanctæ Ecclesiæ filiis, Ricardus de Builli, salutem : sciatis me, per voluntatem et consilium Emma, sponsæ meæ, et hæredum meorum, dimisisse monachis de Kirkested unum managium in territorio de Kymberworth, ad domos suas et ortum, et quatuor forgias faciendas, duas scilicet ad quoquendum ferrum et duas ad fabricandum, quandocunque voluerint; et mineram ad fodiendum per totum territorium ejusdem villæ, quantum sufficit duabus ignibus, et mortuum nemus de Kymberworth quantum sufficit illis quatuor ignibus, et pasturam ad decem animalia, et quatuor equos in communibus pascuis camporum eorum. Omnia hæc dimisi et concessi eis tenere de me, et de hæredibus meis libere et quiete ab omni servitio et consuetudine, præter quod dabunt, singulis annis, mihi vel hæredibus meis V solidos, ad Pentecosten. Et sciendum quod totam firmam de primis quinque annis adquietaverunt monachi in territorio suo, qui fuit anno Incarnationis Dominicæ MCLXI in die apostolorum Philippi et Jacobi. Post finem autem horum quinque annorum, si voluerint monachi prædicti tenere, tenebunt omnia illa in perpetuum de me et hæredibus meis per eamdem conventionem; scilicet reddendo annuatim V solidos pro omnibus servitiis. Hanc autem conventionem tenendam et warantizandam per me et hæredes meos confirmavi, per cartam et testes subscriptos, et sigilli mei confirmationem. Hujus rei testes sunt, Hugo clericus de Dernham, Simon et Petrus capellani ejusdem villæ, Jugan filius Radulfi, Lamb. dispensator, Thomas filius Jocelmi Ebor.

Monasticon anglicanum, page 811, col. 1.

DOCUMENT XI, PAGE 14.

CARTA RICARDI DE LUBETOT DE HEREMITORIO SANCTI JOHANNIS DE KYMBERWOTH (1139).

Ricardus de Lubetot omnibus Sanctæ Matris Ecclesiæ filiis presentibus et futuris salutem. Notum vobis sit, me concessisse et dedisse, Deo et ecclesiæ Sanctæ Mariæ de Kyrkestede et monachis ejusdem loci, in elemosinam, heremitorium sancti Johannis, quod est in parochia de Ecclesfeld, cum tota terra quæ ad ipsum heremitorium pertinet et eam quam pater meus ibi dedit et quam ego apposui de augmento, sicut divisæ terrarum RICARDI DE BULLI et Jordani de Reinevilla dividunt, et totam terram quæ fuit Roberti le Cras, dedi eis similiter, sicut prædictæ divisæ eam dividunt. Hanc elemosinam dedi eis monachis libere et quiete ab omni seculari servitio, et consuetudine et omni exactione, pro salute mea et Willielmi filii mei et hæredum et fratrum meorum et pro animabus patris et matris meæ et Ceciliæ, uxoris meæ, et omnium antecessorum meorum, et ipsi monachum facient servire Deo ibi ad capellam. Testibus, Radulfo filio Gilberti, Hugone de Lubetot, Rogero clerico, Radulfo filio Radulfi filii Gilberti, Radulfo filio Ugtredi, Radulfo de la Chambre.

Monasticon anglicanum, page 808, 1re col.

Document XII, page 14.

1159.

Sciant presentes et futuri quod ego Jordanus Foliot, consilio et consensu Beatricis, uxoris meæ, et antecessorum et heredum meorum, concessi et donavi et hac mea carta confirmavi Deo et Sanctæ Mariæ et sancto Johanni et monachis de Pontefracto, molendinum de Nortun, cum sede ipsius molendini, et insuper toftum unius acre inter molendinum et gardinum juxta viam del North cum omnibus ad ipsum molendinum pertinentibus, ad habendum et possidendum in puram et perpetuam elemosinam, de me et de heredibus meis libere solute et quiete de omni seculari servicio, cum soca et seuta ejusdem molendini; de quo molendino predicti monachi dabunt annuatim dimidiam marcam argenti capelle de Nortun in festo sancti Dionisii. Confirmavi etiam predictis monachis per hanc cartam unam carucatam terre in Pontefracto in Baghil, quam terram pater meus Willielmus Foliot eis donavit in puram et perpetuam elemosinam. In testimonio confirmationis harum elemosinarum dederunt mihi predicti monachi x marcas argenti et cappam monachi pluvialem. Testibus, Beatrice, uxore mea, Roberto de Pirou, fratre Willielmo de Hyrst, Kabiol Rotore, Willielmo de Bardolf, Jordano et Waltero de Ledestun, Randulio, filio Siwardi, Ottone, filio Roberti de Builli, Ricardo de Hacatorn, Johanne Puer, Michaele, filio Thomæ, Willielmo Man, Radulfo Buche, Alexandro Pistore, Hugone Paildecert.

Monasticon anglicanum, page 656, 2e col.

Document XIII, page 14.

CARTA JORDANI FOLIOTHA (1159).

Sciant præsentes et futuri quod ego Jordanus Foliot concessi et donavi et confirmavi, hac carta mea et hoc meo sigillo, Deo et sancto Johanni et monachis de Pontefracto, in puram et perpetuam elemosinam, pro remedio animæ meæ et antecessorum meorum, toftum qui fuit Asgeri, qui situs est inter toftum quondam Cristiani et toftum qui fuit Hugonis, filii Bondi. Hujus rei testes sunt, Robertus de Bulli, Thomas, filius Petri, Petrus de Giptun, Ricardus Cardinal, Adam, presbiter, et Arnaldus, filius ejus, Gilbertus de Lascy, Eustachius de Ettun, Jordanus et Rainaldus et Rogerus, fratres ejus, Michael, filius Thomæ, Hugo, filius Ormi, Radulfus, filius Willielmi, aurifabri, Radulfus, filius Hugonis, filii Serlonis, Adam, filius Serici, Ricardus de Hactorn.

Monasticon anglicanum, page 656, 1re col.

Document XIV, page 14.

CARTA EJUSDEM JORDANI FOLIOTH.

Notum sit omnibus præsentibus et futuris filiis Sanctæ Matris Ecclesiæ quod ego Jordanus Folioth donavi et concessi et hac mea carta confirmavi, pro remedio anime mee et antecessorum et heredum meorum, ad tenendum de me et de heredibus meis, in puram et perpetuam elemosinam, molendinum de Nortun

Deo et sancto Johanni et monachis de Pontefracto, de quo molendino monachi persolvent dimidiam marcam unoquoque anno capelle de Nortun. Hoc molendinum et sedem molendini cum omnibus pertinentiis suis donavi eis et concessi et hac mea carta confirmavi in crastino Nathalis Domini, die sancti Stephani prothomartyris, qua die monachi mihi dederunt pelliceam unam de recognitione et testimonio. Teste Henrico de Lasceyo, cujus consensu et concessione hoc actum est. Testibus : Willielmo Foliot, Ottone de Tilli, Osberto, archidiacono tunc dapifero, Hugonis de Tilli, WILLIELMO DE BULLI, Bertramo, filio Willielmi de Fristun, Adam de Prestun, Toma, filio Petri, Roberto Barbo, Willielmo de Leeleya, Thoma, filio Thomæ, Hugone de Strettun, Henrico de Dai, et Radulfo, fratre suo, Rogero Pictavensi, Adam Pictavensi, Rogero de Suinlington, Roberto, camerario, Roberto, dispensatore, Ricardo Barbo, Aschetillo de Lunda, Jordano de Ledestum et fratribus, Thomæ de Monte et Michaele filio ejus, Roberto Skirmisore, Fulcone Franceis, Jordano de Rovecestre, Waltero Flandrensi, Henrico, medico.

Monasticon anglicanum, page 656, 1re col.

DOCUMENT XV, PAGE 15.

CARTA ROBERTI DE LACY.

Sciant omnes præsentes et futuri quod ego Robertus de Lacy, pro amore Dei et pro salute animæ meæ et uxoris meæ et hæredum meorum, dedi et concessi et hac mea charta confirmavi Deo et monachis meis de Kirkestall imperpetuum, vaccariam juxta la

Roudehaiam, quæ appellatur Brakineleia, et communitatem totius moræ quæ vocatur Winnemoz, et pasturam de la Runde- haia, omnibus averiis suis quæ pertinent ad grangiam suam de la Rundehaia; et boscum in la Rundehaia ad omnes usus suos, apud præfatam grangiam, tam ad ardendum quam ad ædificandum, et sepes faciendas, tenere de me et hæredibus meis, in puram et perpetuam elemosinam, libere et quiete ab omni servitio. Præterea dedi eis et hac eadem carta confirmavi unam acram terræ in Wenet, cum masagiis super eandem acram factis, quam Warinus Lorimer tenuit ex occidentali parte pontis, super ripam aquæ, tenendam de me et hæredibus meis, in puram et perpetuam elemosinam, liberam et quietam ab omni servitio : ita quod ego et hæredes mei debemus warantizare et defendere et adquietare prædictis monachis prædictas terras et pasturas ubique et erga omnes homines imperpetuum. Concessi etiam et hac eadem carta confirmavi, tam ipsis monachis quam omnibus hominibus suis qui manebunt super terras quas eis dedi, quietantiam de theloneo, et omni alia consuetudine, super terram meam ubique et in omnibus locis. Testibus istis, Osberto, archidiacono, Radulfo, filio Nicholai, Roberto de Stapeleton, WILLIELMO DE BULLI, Hugone de Tilli, Adam de Reinevill, et Richardo, fratre ejus, Eudone de Lungvillers, Willielmo, fratre ejus, Burnell, Helia, camerario, Richardo de Lewes, Gilberto de Lacy, Radulpho coco, Adam pincerna et aliis multis[1].

Monasticon anglicanum, page 862, 1re et 2e col.

1. Cette charte est de l'an 1159 environ.

DOCUMENT XVI, PAGE 15.

CARTA JOHANNIS DE BUILLI, FILII RICHARDI DE BUILLI.

VERS 1180.

Omnibus Sanctæ Matris Ecclesiæ filiis præsentibus et futuris JOHANNES DE BUILLI, salutem : sciatis me concessisse et hac carta mea confirmasse Deo et sanctæ Mariæ et monachis de Rupe, pro salute animæ meæ et animarum patris et matris et omnium antecessorum et hæredum meorum, omnes donationes et libertates, sine ullo retinemento, quas RICARDUS DE BUILLI, pater meus, eis dedit et cartis suis confirmavit; ita quod fossatum prædictorum monachorum sicut factum est circa boscum suum remanebit in bono et pace, sine omni clamore commune, de me et hæredibus meis, præterera sperveriorum quæ prædicti monachi mihi concesserunt. Concessi etiam prædictis monachis fossata facere et includere circa campos suos inter boscum de Baltebi et inter campos de Sandbec infra terminos suos secundum voluntatem suam, salvis duabus viis, scilicet Bolgate et via quæ venit de Blida.

Hæc omnia concessi et confirmavi prædictis monachis in puram et perpetuam elemosinam liberam et quietam ab omni seculari servitio et ab omni re quæ ad terram pertinet. Ita quod ego et hæredes mei warantizabimus eis et defendemus istam elemosinam contra omnes. Hiis testibus Nicholao, persona de Tikehill, Humfrido, clerico, Willielmo, capellano de Castello, Roberto, filio Pagani, Radulpho, filio ejus, Hugone Scancebi, Hugone filio Roberti, Roberto de Berens, Hugone le Engleis, Thoma serviente. In curia de Tiketil.

Monasticon anglicanum, page 836, 1re et 2e col.

DOCUMENT XVII, PAGE 17.

CHARTE D'ÉLIE DE BONNEFILLE.

ANNÉE 1234.

Vente de 30 sous 6 deniers de rente, faite par Élie de Bonnefille aux religieux de l'hôpital de Saint-Thomas-le-Martyr de Neufchâtel, pour le prix de 32 livres. Ladite rente est en plusieurs parties.

Noverint universi præsentes et futuri quod ego Helias, dictus de Bonnefille, vendidi et concessi et omnia dereliqui priori et fratribus domus Dei de Novo Castro, pro trigentis et duabus libris et dimidia turonensium, de quibus teneo me pro pagato, quinque solidos annui redditus, quos debebat mihi Helias Aostin, ad festum Omnium Sanctorum, de una acra terre, sita in parochia de BUSLY, abutante Kemino Monialum, ex uno buto, ex alio ad Beneis. Item decem et octo denarios redditus ad eundem terminum, quos idem Helias debebat mihi de una virgata terre, sita juxta fontem antiquam. Item decem solidos turonensium annui redditus quos Robertus Gurman debebat mihi, ad festum Omnium Sanctorum, de duobus pechiis terre, quarum una sita est in monte de Brayo, inter terram domini Johannis de Melleville, ex una parte, et terram Thomaæ de Molendino, ex alia, et abutat campo de Binois, et alia sita subtus busco Ribout, inter terram

Thomas de Bully et terram Thomas de Capricuria, et abutat terre sancti Eligii ex uno buto, ex alio busco Ribout. Item duos solidos annui redditus, quos Petrus Aostin debebat mihi ad festum beati Remigii, de una acra terra, sita in monte de Brayo, abutante Kemino Monialum et acostat terre heredum Galterii de Nigella. Item duos solidos annui redditus quos de Gravilla debebat mihi, ad festum beati Remigii, de una virgata terræ, sita super Lebie inter terram Guillelmi Guerardi et terram Roberti Cardon. Item quatuor solidos turonensium redditus, quos Johannes Fougor debebat mihi, ad festum beati Remigii, et tres capones, ad Natale Domini, de una pechia sita ad buscum Godardi et, ... et terre Guillelmi . . . . et abutat. . . . . de Grouelettes, ex uno buto, et ex alio meo prato. Item unam pechiam terre meæ, sitam in monte de Brayo, abutantem Kemino Monialum et terre Thomaæ de Capricuria, inter terram domini de Busly et terram Petri Aostin, cum omne jure et dominatione, quod habebam et habere poteram super prædictos homines, ratione prædictarum terrarum.

Item tradidi eisdem decem solidos turonensium annui redditus, super masaguium meum apud Busly, percipiendos, ad festum beati Remigii, a dictis priore et fratribus et eorum successoribus de me et de meis heredibus per responsionem et residuum totius feodi mei, prædictam venditionem garantizando prædictis religiosis et eorum successoribus, tenendos et habendos in perpetuum prædictos redditus a dictis religiosis et eorum successoribus pacifice et quiete, salvo jure domini Capitalis, et ad faciendam penitus suam volontatem. Et est sciendum quod si dicti religiosi prædictos redditus, ad dictum terminum, non haberent, ipsi possent levare eosdem super me et heredes meos prædictos pro redditibus non solutis dictis terminis. Quamquidem venditionem ego et heredes mei dictis religiosis et eorum successoribus per residuum feodi mei contra omnes tenemur garantizare et ab omnibus impedimentis deliberare, etc.

Et ut ratum et stabile hoc permaneat, præsentem cartam sigillo meo confirmavi. Ego autem Johannes de Mellevilla, dominus feodi, predictam venditionem sigillo meo roboravi cum ascensu partium.

Testibus hiis Johanne Parno, Hugone de Escornemesnilla, capellano, Johanne, comite, ... Johanne de Wanchy cum pluribus aliis. Actum anno Domini MCCXXXIV mense novembris [1].

Recueil statistique et historique sur la commune de Bully, par M. Fourcin, preuves, pages 55-57.

DOCUMENT XVIII, PAGE 18.

Saint-Germain en Laye, 1219, décembre.

SECURITAS FACTA DOMINO REGI AB H. DE ULMO ET ALIIS PRO HERVEO NIVERSENSI, COMITE, DE MARITAGIO FILIÆ DICTI COMITIS. (J. 622. — *Hommages*, II, n° 5. — Original scellé.)

Hugo dominus Ulmi, Hugo de Sancto Verano, Renaldus de Montefalconis, GAUFRIDUS DE BULLY, Petrus de Livron et Ansellus Bridaine, notum facimus universis presentes litteras inspecturis

1. La copie de cet acte telle qu'elle se trouve dans un cahier de notes de M. Fourcin est très-défectueuse. Nous l'avons restituée de notre mieux. M. Fourcin a dû certainement le rectifier dans son grand volume manuscrit, revu et corrigé, avant de le déposer aux archives de Rouen.

quod nos, de precepto domini nostri Hervei, comitis Nivernensis, juravimus super sacrosancta domino regi Francie Philippo et plegiavimus quod, si dictus comes veniret aliquo modo contra conventiones quas habet erga dominum regem de Agnete filia sua maritanda, sine nos meffacere juvaremus domino regem contra dictum comitem de nobismet ipsis et de omnibus que tenemus de comite Nivernensi, quousque id esset emendatum ad voluntatem domini regis. In cujus rei memoriam et testimonium, presentes litteras sigillis nostris fecimus sigillare. Actum apud Sanctum Germanum in Laya, anno Domini M° CC° XIX°, mense decembri [1].

Layettes du Trésor des chartes, par Teulet, tome Ier, pages 493-494.

Document XIX, page 21.

COMPOTUS H. DE CARNOTO ET AMARRICI PULLI ANNO DOMINI M. CC. XXXI, MENSE JULIO, DIE MERCURII POST MAGDALENAM.

	lib.	sol.
Nicholaus de Villeta, se altero, de VIII diebus, IIII. l. XVI. s.	4	16
Simon de Hovis, se altero, de XXIX diebus, XVII. l.		

1. Cette charte était scellée, dans le principe, de six sceaux pendants sur double queue. Le premier, le second et le sixième, en cire blanche, existent encore et sont plus ou moins bien conservés. Il ne reste plus qu'un fragment du troisième; le quatrième et le cinquième se sont détachés. L'ordre des noms, tels qu'ils sont écrits dans la pièce, a été suivi pour l'apposition des sceaux :

1° Sceau de Hugues de Lormes (Nivernais, Nièvre, arrondissement de Clamecy);

2° Sceau de Hugues de Saint-Vérain,

VIII. s.	17	8
Renaldus Gallart, se tertio, de XIII diebus, XII. l. XII s.	12	12
Odardus Havart, pro Jacobo de Orfin, de XVIII diebus, CVIII. s.		108
Hervæus de Busenci, se tertio, de, etc., XVI. l. IIII. s.	16	4
G... de Ransai, se tertio, de XVIII diebus, XVI. l. IIII. s.	16	4
Duo milites Nevelonis de Chanle, de XIX diebus, XI. l. VIII. s	11	8
Idem Nevelo, de VI diebus, XXXVI. s.		36
Gilo de Marques pater, se tertio, de XIX diebus, XVII. l. II. s.	17	2
Rogerus de Peet, de XXIIII diebus, solus, VII. l. IIII. s.	7	4
Radulfus Petallus, pro Gilone de Fonte Sumaræ, de XIX diebus, CXIIII. s.		114
Henricus de Jahaigné, se altero, de XVII diebus, X. l. IIII. s.	10	4
GAUFRIDUS DE BULLIACO, se tertio, de XXIII diebus, XX. l. XIIII. s.	20	14
Tres milites Eustacii de Navilla, de XXVIII diebus, XXV. l. IIII. s.	25	4
Hugo de Salice, solus, de XVII diebus, CII. s		102
Henricus de Avaugor et Guimer de Leone, etc.		

Recueil des historiens des Gaules et de la France, publié par MM. Guigniaut et de Wailly, tome XXI, page 221.

3° Sceau de Renaud de Montfaucon;

4° Le sceau de Geoffroy de Bully manque; mais il est décrit dans l'inventaire n° 1607, d'après un type appendu à un acte daté de 1221;

5° Le sceau de Pierre de Livron manque également;

6° Sceau d'Ansel Bridaine.

Document XX, page 24.

LETTRES DE MAHAULD, COMTESSE D'AUXERRE, A L'OCCASION D'UN PARTAGE DE BIENS OU LES MOINES DE SAINT-NICOLAS PROCHE ENTRAIN SONT NOMMEZ.

Année 1250.

Nox Mahauz, contesse de Nevers : faisions assavoir à tous ceulx qui... Messire Jofroiz de Bulli, mareschaut de Nevers, qui mort est, oust donet sa filie Ysabeau... à Monsignior Guiom Berchart, chevalier, et oust donet en mariage à celi Ysabeau la terre que il... Borbonois en fie de Monsignior Archembaut, lo seignior de Borbun, et la terre que il tenoit à ses..., près de Borbon l'auseir qui estoit do fie Symonin de Luzi; les quex terres cil diu seignior tenoit... avoient prises et mises en lour main, si con ils disoient, pour ce que cil seignior disoient que il ne les avoit données à celui Jofroi de Bulli josque à sa vie; et cum cis Guis Berchars et cele Ysabiaus sa femme, leq... après sa mort, celui Jofroi à nostre amie et à nostre faele, à Adeline, la mareschaude de Nevers, et à Jehan, et à Jofroiz, ses fils, que il lor garentississent celes terres dessus nommées, où que il lor rendissent droite partie des choses à celui Joffroi de Bulli, mareschaut. A la parfim fut accordé entr'aux à tel manière que cel Adeline la marechaude por bien et por pays metre entr'aus, dona à celui Guion et à cele Ysabiau, sa filie, por l'eschange de celle terre dessus nommée, qnque ale avoit es molins do Mex, qui sient sur la rivière de Nèvre, et quque ale avoit odisme de vin de Mannai, fauce que li moine de S. Nicholas, pres d'Entraiem, y doivent prendre chacun an quittement et delivrement, senz nul contredit, en la cue et o pressoi dis muis de vin à la mesure d'Aucurre, por les moone quo cil Jofroiz de Bully avoit faite es devandiz moines à tenir et à avoir perduraublement de celui Guion, et de cele Ysabeau, et de lur hoirs, à tot jour en eschange de ces terres, que cil Jofroiy devandit avoit doné en mariage à celi Ysabiau. Les ques terres et cele Ysabiaus, sa femme, ont quitez devant nox et de Adeline à celui Jofroiz, et lur hoirs à tot tans que jamais ne les porront rien demander. Et cil Jehan et cil Joffroiz voissirent, et erent cele compensation que cele Adeline les avoit faite por la terre devant dite, et quitterent celui Guion et cele Ysabeau à lur hoirs à tot jours, sauve droit eschoire. Et nox Mahauz, contesse de Nevers dessus nommée, à la requeste de tot ceans, qui sont dessus nommez, avons fait sceeller ces lettres de notre saiaul, en tesmoin de vérité. Ce fut fait à Murat dessus Billi, le mardi prochiene emprès la mikaroimme en l'an de Nostre-Seignior mil et does cens et cinquante ou mois de mars.

Mémoire concernant l'histoire ecclésiastique et civile d'Auxerre, par M. l'abbé Lebeuf, 1743, in-8°, tome II, page 55, preuves, acte 120.

RÉSUMÉ DE L'ACTE PRÉCÉDENT.

27 MARS 1250.

Lettres par lesquelles Mahauld, comtesse de Nevers, énumère les terres données par GEOFFROI DE BULLI, maréchal de Nevers, à sa fille YSABEAU, à l'occasion de son mariage avec GUION BERCHART, chevalier, et relate un partage de biens fait entre ADELINE, maréchale de Nevers, JEAN et GEOFFROI, ses fils, et Ysabeau, sa fille. « Ce fut fait à Murat dessus Billi, le mardi prochiene emprès la mikaroimme, en l'an de Nostre-Segnior mil et does cens et cinquante, ou mois de mars. »

Table chronologique des diplômes, chartes, titres, etc., par M. de Bréquigny, continuée par M. Pardessus, 1850, in-fol., tome VI, page 199.

DOCUMENT XXI, PAGE 26.

CARTA YDONEÆ VETERIPONTE, FILIÆ ET HÆREDIS JOHANNIS DE BULLEI, IN VIDUITATE (1232).

Sciant omnes presentes et futuri, quod ego IDONEA de Veteriponte, filia JOHANNIS DE BULLEI et dum essem vidua et in libera potestate mea, dedi, concessi et hac presenti carta mea confirmavi, Deo et ecclesiæ Mariæ de Blida, et priori et monachis ejusdem loci, pro salute animæ meæ et antecessorum meorum, donationem et elemosinam suam, quam prædecessores mei illis fecerunt, videlicet, terram Lyenini de Dumo, cum pertinentiis, sicut se proportant in longitudine et latitudine, tenendam et possidendam dictis priori et monachis et successoribus suis de me et hæredibus meis libere, quiete et pacifice, in puram et perpetuam elemosinam, ab omni exactione et demanda quietam et liberam; et ego et hæredes mei, dictam terram præfatis priori et monachis, sicut prædictum est, contra omnes gentes debemus warantizare. Et ut ista donatio et confirmatio rata sit et firma in perpetuum, præsentem cartam sigilli mei munimine roboravi. Datum anno Domini millesimo ducentesimo trigesimo secundo. Hiis testibus, etc.

Monasticon anglicanum, tome Ier, page 554, 2e col.

DOCUMENT XXII, PAGE 26.

CARTA IDONEÆ DE VETERIPONTE, DE CAPELLIS DE DILTERFELD ET BAUTRE.

ANNÉE 1232.

Omnibus Sanctæ Matris Ecclesiæ filiis, ad quos presens scriptum pervenerit, IDONEA DE VETERIPONTE, filia JOHANNIS DE BULLI, salutem. Noveritis quod ego in ligia viduitate mea, pro salute animæ meæ et antecessorum meorum, concessi, et hac presenti carta mea confirmavi Deo et beate Mariæ de Blida et priori et monachis ibidem Deo servientibus capellas de Dilterfeld et de Bautre, pertinentes ad jam dictam ecclesiam Blidæ, cum suis pertinentiis et libertatibus, habendas et tenendas eisdem monachis, in puram et perpetuam elemosinam, libere, quiete, plenarie et integre, sicut carta Johannis de Builli, patris mei, quam eisdem monachis super supradictis capellis fieri fecit, testatur; et ego et hæredes mei, præfatis monachis, dictas capellas debemus, pro posse nostro, warantizare. Ut autem hæc mea concessio et confirmatio rata et stabilis imperpetuum perseveret, præsens scriptum sigilli mei munimine feci roborari. Hiis testibus Richardo, abbate de Rupe, Johanne Wascelin, Richardo de Busevill, Rogero de Haya, militibus, Hugone, presbytero, Johanne de Noketon, Gilberto, filio Sosce, Willielmo de Estanton, Roberto Dr... Hugone de... feld, et aliis.

Monasticon anglicanum, tome Ier, page 554, 2e col.

Document XXIII, page 27.

TESTIFICATIO RICARDI DE BOYVILL DE MANERIO DE SANDEBEC.

Omnibus has literas visuris vel audituris et præcipue duodecim militibus electis ad faciendam magnam assissam inter Robertum de Veteriponte et abbatem de Rupe, Ricardus de Boyvill, salutem in Domino æternam. Volens vos certificare super sacramento, quod facturi estis, vobis præsentibus testificor in veritate quod Deus est, et per baptisma quo baptizatus et per militiam quam inductus, quod die sancti Egidii anno Domini MCCXLI, domina mea Ydonea de Bulli, mera et spontanea voluntate et libera potestate corporis sui, cum magna deliberatione mentis, dedit ecclesiæ de Rupe totum manerium de Sandbec cum carucis et omnibus aliis in eo existentibus, coram pluribus amicis et fidelibus suis tunc ibi præsentibus : domino Johanne de Crorton, domino Thoma de Bury, domino R. de Boyvill, militibus, domino J. de Ponby. In crastino sancti Egidii scripta fuit carta hujus donationis et signata magno sigillo dominæ et privato, in crastino Nativitatis beatæ Mariæ proximo sequenti.

Monasticon anglicanum, tome II, page 836, 2e col.

Document XXIV, page 31.

E. DUOBUS CODICIBUS CERATIS JOHANNIS DE SANCTO JUSTO.

FAMILIA REGINÆ.

Giletus furetarius, de toto computo de vadiis præcedentibus, XLIX s. — Agnes lotrix, pro totidem, XLIX s. — Galterus operarius, pro totidem, IIII s. per diem, IX l. XVI s. — Johannes, filius domini Stephani de Compendio, pro totidem, LIII s. I d. — Petrus Palmerii, speciarius, pro XLII diebus XLV s. VI d.; pro IIII diebus in curia et XLII diebus extra ad negocia, IIII s. per diem, VIII l. XIIII s. VIII d.; minuta, C s. (habuit totum magister Michael). — Robertus li Keisnes, pro VI, XX diebus, etc. Dictus Joliz de Ambrianis, pro XXI diebus usque ad vadia; SYMON DE BULLIACO, pro XXII diebus usque tunc, etc.

Recueil des historiens des Gaules et de la France, par MM. de Wailly et Delisle, tome XXII, page 507.

DOCUMENT XXV, PAGE 32.

ANNÉE 1290.

Universis presentes litteras inspecturis, visuris vel audituris JOHANNES DE BULLIS [1], archidiaconus Magni Caleti in ecclesia Rothomagensi, salutem in Domino. Noveritis me caritatis intuitu, pro salute anime mee et animarum antecessorum meorum et benefactorum, dedisse, concessisse et imperpetuum dimisisse ac eciam dedicasse Deo et ecclesie Beate Marie-Magdalanes et reli-

1. L'acte de vente est du 1er juin 1386; Jean de Bully (Bullis) y prend le titre de chanoine de Rouen.

Jean de Bully (Bulis) est en outre cité dans le *Chartrier de l'abbaye de Corneville* et qualifié archidiacre du Grand-Caux, fonction qu'il exerçait en 1287. Il résulte d'une commission du cardinal Jean Cholet, légat de Rome en France, que Jean de Bully fut en 1289 son vicaire et qu'il cumulait cet office avec l'archidiaconat de l'église de Rouen. Il fut également désigné comme exécuteur testamentaire par le susdit représentant du Saint-Siége, lorsque celui-ci ordonna ses dernières volontés à Moustier-la-Celle-lez-Troye. (*Hist. de l'Église cathédrale de Rouen*, par Guillaume Dumoulin.)

giosis ibidem Deo servientibus, videlicet apud Montem Duorum Amantium tres pechias vinearum, de quibus fit mencio in litteris presentibus hiis annexis. quas comparavi a Petro Alvredi et Eudelina, dicti Petri uxore, sitas in parrochia de Triello, prout in dictis litteris hiis annexis, sunt divise seu distincte, habendas, tenendas et jure hereditario imperpetuum possidendas dictis religiosis et eorum successoribus, bene et in pace libere et quiete, sicut eas tenebam a conjugibus memoratis, reddendo inde annuatim ab eisdem religiosis et eorum successoribus personis, de quibus fit mencio in prefattis litteris, et eorum heredibus redditus de quibus fit mencio in eisdem, secundum quod ordinatum est et statutum in prelibatis litteris hiis annexis. Et in eosdem religiosos ex nunc transfero omne jus et omnem actionem, quod et quam habebam et habere poteram in dictis tribus pechiis vinearum, ita quod de eisdem in posterum nichil reclamare potero, vel debebo vel eciam causam a me habentes; quas donacionem, concessionem, dimissionem, dedicacionem et translacionem feci dicte ecclesie et religiosis, inibi Deo deservientibus, et eorum successoribus pro anniversario meo in dicta ecclesia bis in anno imperpetuum, ab eisdem religiosis faciendo in memoriam anime mee et parentum et benefactorum meorum; ita quod quamdiu vixero dicti religiosi tenebantur, in memoriam mei et parentum et benefactorum meorum, bis in anno specialiter celebrare missam de Sancto Spiritu et post meum decessum in memoriam predictam, quolibet anno, bis missam pro fidelibus. Ego vero et causam a me habentes dictas tres pechias vinearum dictis religiosis per premissa et eorum successoribus garantizabimus in futurum. In cujus rei testimonium et munimen sigillum meum presentibus duximus apponendum et eisdem religiosis cartam, quam habebam a dictis conjugibus super vendicione et dimissione dictarum trium pechiarum vinee, tradidi et liberavi et eam presentibus meis litteris annexavi ad pleniorem certitudinem premissorum. Actum anno Domini 1290, mense maio.

Original, sceau perdu.

Archives de la Seine-Inférieure, série D.

Document XXVI, page 71.

CHARTE DE THOMAS DE BULLY.

2 Aout 1333.

A tous chez qui ces lettres verront et oiront le vicomte de Neufchatel salut : Sachent que pardevant Pierre Baul, clerc tabellion des lettres Monsegneur le duc, au Neufchatel, pour Jehan Dumoustier, si comme il nous a tesmoigné, fut présent Thomas de Bulli et recognut de sa bonne volenté pour luy et pour ses hoirs qu'il avoit baillié quittié et otrié, et du tout en tout, en perpétuel héritage, délessié à très haut et excellent prince Monsegneur le duc de Normandie chinc soulz tournois de rente à prendre et à rechevoir, chascun an à la Toussaint, sus une pièche de terre, assise en la paroisse de Bulli, que tient Guillaume Caable; et joint d'un costé à la terre Monsieur Johan Lemulet, presbre, et d'autre costé à la terre Johan du Mouchel; et d'un bout à la terre au Sauvage. Et fut présente Nicole, fame dudit Guillaume, qui confessa devoir la dicte rente et rendre et paier, dore en avant, au dit terme au dit Monseigneur le duc ou à ses gens. Item oict soulz tournois de rente moitié à la saint Remy, et moitié à Noel sus une pièche de terre, assise en la dicte paroisse, que tient Johan Bonnefille, et joint d'un costé au bos Messire Henry Louvel, chevalier, et d'un bout aussi et d'autre costé à la terre Guillaume le Fèvre, et d'autre bout au quemin. Et fu present le dit Johan qui confessa devoir la dicte rente et rendre et paier au dit prince ou à ses gens as termes dessus dis. Item ching soulz à la Nativité Saint-Jehan Baptiste, sus une pièche de terre, que tient Gilles Féron, assise en la dicte paroisse et qui joint d'un costé à Regnaut Journée, etc. Et fut présent le dit Gilles qui confessa devoir la dicte rente et rendre et paier, en la manière dessus dicte, chest à assavoir pour nuef livres tout ès quen le dit Thomas estoit tenu au dit Monseigneur le duc, à cause du tiers et dangier des bois Monsieur Henri Louvel, chevalier, pour le terme de Pasquez desraine passée; lez quelez rentez dessus dictez le dit Thomas, pour luy et pour ses hoirs, vers tous et contre, promest garantir, déffendre et délivrer et de tout empeschement despechier et fère les dictez rentes bonnez au dit prince en temps à venir. Et fut présente Umaine, fame du dit Thomas, qui jura sus saints Evvangiles, de sa bonne volenté et de l'atorité du dit son mari qui présent y estoit, que jamès as dishuic sous de rente dessus dis, riens par réson de héritage de douaire, de mariage encombré, riens dore en avant ne demandera, demander, ne réclamer ne fera par luy ne par aultre, en court laye ne de chrestienneté.

Et à ceu garantir et enterignier les dictz conjointz obligent leurs corps à tenir en prison, se eus déffaillent[1] garantir tous leurs biens et de leurs hoirs, moeblez et non moeblez présens et à venir, à vendre et à despendre par la main de la justice souz que ils seront trouvez pour bailler au porteur de ces lettres, et rendre

1. S'ils venaient à se délier de leurs engagements.

caus et domages, qui seroient fais pour ce qui dessus est dit, fère tenir et entérignier des quiez le porteur de cez lettres, sans autre procuration demander, seroit creu par son serement, sans autre preuve.

En tesmoin de ceu nous avons mis à ces lettrez le scel de la dicte vicomté, sauf tous drois.

Ce fu fait l'an de grace mil trois cens et trente trois, le mardi feste Saint Estienne, en mois d'aoust [1].

Scellé.

Sur le repli est écrit : P. BAUL.

Recueil statistique et historique sur la commune de Bully, par M. Fourcin, preuves, pages 42-44.

DOCUMENT XXVII, PAGE 75.

QUITTANCE MILITAIRE DE THOMAS DE BULLY.

DERNIER JUILLET 1392.

Nous THOMAS DE BRUILLY (Bully), chevalier, confessons avoir eu et receu de Arnoul Boucher, trésorier des guerres du roy, nostre sire, la somme de neuf vins quinze francs en prest et paiement sur les gaiges de nous et de onze escuiers de ma compaignie, desserviz et à desservir ès dites guerres dudit sei-

1. Cette pièce précieuse a été découverte aux Archives de France et communiquée ensuite à M. Fourcin par M. Millet, chercheur persévérant qui a enrichi les annales de Normandie de plusieurs documents inédits.

gneur ; et nous tenons pour contens et bien payés et nous quictons le roy, etc. Le dernier jour de juillet, l'an mil CCC. LXXXXII.

Titres scellés, vol. XXIII, BR, BU, fol. 1631, Bibl. de Richelieu, Cabinet des titres.

DOCUMENT XXVIII, PAGE 75.

QUITTANCE DE THOMAS DE BULLY.

12 OCTOBRE 1415.

Nous THOMAS DE BULLY, chevalier, confessons avoir eu et receu de mestre Héron, trésorier des guerres du roy, nostre sire, la somme de six cens sept livres dix solz tournois en prest et paiement sur les gaiges de nous et de quinze escuiers de ma compaignie, desservis et a desservir au service du roy, nostre sire, en ces présentes guerres à la garde, seureté et déffense du païs et duchié de Normandie et pour résister aux Anglois, en la compaignie de Monsire le duc d'Alençon, sur le fait de la guerre dudit duchié et soubz le gouvernement de Monsire le duc de Guienne, lieutenant du roy, nostre dit sire, et capitaine général pour tout son royaulme : et en quictons le roy, nostre susdit sire, le dit trésorier et tous aultres. Escript et receu sous notre scel : en tesmoing de ce le XIIe jour d'octobre, l'an mil quatre cens et quinze[1].

Titres scellés, vol. XXIII, BR, BU, fol. 1631, Bibl. de Richelieu, Cabinet des titres, Mss.

1. Trois ans auparavant, c'est-à-dire en août 1412, Regnault de Louvel, seigneur de Bully, fit acte de vasselage envers le roi dans les termes ci-dessous :

Document XXIX, page 79.

EXTRAITS DE L'ORDINAIRE DE NEUFCHATEL, DESQUELS IL APPERT QUE JEAN DE L'ESTENDART PAYAIT, EN 1579 ET 1620, DES TAXES POUR DES BIENS AYANT ANCIENNEMENT APPARTENU A COLLAS OU COLLARD ET A COLLETTE DE BULLY.

RECETTE DES TERMES DE PAQUES.

De la terre de Collette de Bully, à présent Louis Lestandart, chevalier, sieur de Bully, au dit jour et terme de Pasques pour moitié la somme de neuf sous tournois, laquelle somme a été payée *inglobo* à la dite présente recette du dit domaine de Neufchatel pour ce cy en recepte, suivant et conformément aux dits précédents comptes, la somme de IX sous.

Des héritages de Thomas de Bully, à présent tenus par le dit de Lestandart, sieur du dit lieu de Bully, la somme de douze souldz tournois, payable au dit jour et terme de Pasques pour moitié, pour ce cy en recepte suivant et conformément aux dits comptes précédents, la dite somme de XII soulz.

RECETTE DES TERMES DE SAINT-MICHEL 1620.

De la terre de Pierre de Bully, à présent le dit Lestandart, sieur du dit lieu de Bully, dont est du au dit jour et terme de Saint-Michel pour moitié la somme de 78 sous 9 deniers tournois, pour ce cy en recepte, suivant et ainsi qu'il est plus ample-

« Regnault de Louvel, chevalier, etc. du roy tient ung autre fief de haubert en la chastellenie et vicomté de Neufchâtel, nommé et appelé le fief de Bully, en foy et hômage lige audit lieu de Bulli et ès parties d'environ, etc. »

ment dit et déclaré sur les dits comptes précédents, la dite somme de LXXVIII sous 9 deniers.

De la terre Collette de Bully, tenue à présent par le sieur du dit lieu de Bully, dont est du à ce dit jour et terme de Saint-Michel *pro media* la somme de neuf sous tournois pour ce cy en recepte, suivant et ainsy qu'il est déclaré par les dits comptes précédents, la dite somme de IX sous.

Des rentes dues par Thomas de Bully pour COLAS DE BULLY, à présent ledit de Lestendart, à ce dit jour et terme de Saint Michel, *pro media* la somme de douze sous tournois pour ce cy en recepte, suivant les comptes précédents, ladite somme de XII sous.

ANNÉE 1579, TERME DE PAQUES.

De la terre de Collette de Bully, tenue à présent par le sieur du dit lieu de Bully, dont est du à ce terme *pro media* la somme de neuf sous tournois, cy IX sous.

Des rentes dues par Thomas de Bully pour Collard de Bully, à présent ledit Lestendart, sieur de Bully, à ce terme *pro media* la somme de XII sous tournois.

De la terre de CLÉMENT DE FESQUES DE BULLY, à présent Estienne Deguerre, etc.

Recueil statistique et historique sur la commune de Bully, par M. Fourcin, preuves, pages 86, 87 et 88.

FIN DES PREUVES SUPPLÉMENTAIRES.

PARIS. — J. CLAYE, IMPRIMEUR, 7, RUE SAINT-BENOIT. — [1398]

www.ingramcontent.com/pod-product-compliance
Ingram Content Group UK Ltd.
Pitfield, Milton Keynes, MK11 3LW, UK
UKHW031904260826
14628UKWH00002B/983

9 782019 167950